내가 좋아하는 것들, 제주

내가 좋아하는 것들, 제주

이희선 지음

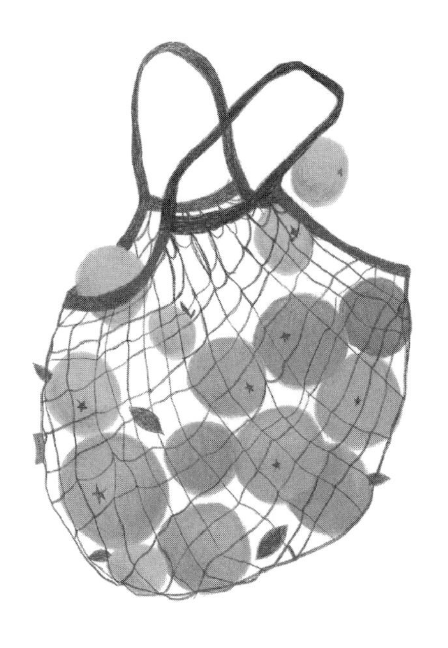

003

스토리닷

차례

한라산,
클라이밍 말고 드라이빙

"올해는 진짜 한라산 한 번 가자!"

제주도민이 된 후 남편과 이런 다짐을 한 지 올해로 7년째다. 첫 제주 여행은 2009년 신혼 때였다. 축의금도 꽤 남고 신혼이라는 설렘에, 호주로 신혼여행을 다녀온 지 몇 개월 되지 않았지만 다시 비행기를 탔다.

당시 유행하던 올레길을 도보 여행으로 왔을 때나, 그 다음 해 스쿠터 여행 때도 우리는 한라산에 올라가지 않았다. 사실 나는 그럴 마음이 없었다. 생각도 하지 않았다. 그런데 남편은 매번 "그래도 한 번은 다녀와야 되는데……" 하며 아쉬워했다.

사실 나는 등산을 싫어한다. 아니, 산에서는 걷는 것조차 힘들다. 어릴 적 엄마는 자식 신발에 흙 묻는 게 싫어 외출할 때 항상 업고 다녔단다. 막내딸로 귀하게 자랐다기보다는 결벽증이 있던 엄마가 흰 양말이 갈색으로 변하는 걸 용납지 않았던 거다. 명절에 성묘라도 가는 날이면 나는 두 발이 아닌 거의 네 발로 산을 올랐다. 그럴 때마다 아빠는 "어릴 때 업어 키우니 저렇지." 하며 쯧쯧 혀를 차곤 하셨다.

그래서 큰맘 먹고 실내 암벽등반이라도 배워, 등산이 싫은 마음이 돌아섰다면 좋았겠지만 현실은 그렇지 않았다. 그저 회사에서 워크숍으로 가는 등산도 극도로 꺼리는 사람 중 하나일 뿐이었다. 서울 은평구에 살 때 근처 북한산 둘레길을 목표로 등산을 몇 번 시도해보았다.

산에 오르려면 아침 일찍 가야 한다는 것을 모르던, 사실 알고 싶지 않던 때였기에 주말 오전 느긋하게 일어나 점심때 쯤 둘레길 입구에 도착했다. 이미 산행을 끝내고 내려와 무언가를 이루었다는 기쁨의 왁자지껄함이 가득한 파전 집이 우리를 끌었다. 그대로 들어가 다른 이들처럼 막걸리와 큼지막한 해물파전을 시켰다. 마치 우리도 막 산행을 다녀온 것처럼, 하산객 행세를 하면서 말이다. 그 후로 남편은 '파전 먹으러 산에 가는 여자'라고 놀렸다. 사실 조금 부끄러웠다.

그런 나 자신을 받아들이기로 한 건 제주에 살던 가수 이효리로부터 남편 이상순 이야기를 전해들은 후였다. 지인인 김제동을 따라 등산의 매력에 푹 빠진 이효리는 남편과도 함께 산에 올랐다고 한다. 정상을 향해 힘들게 오르는 본인과 달리 그는 굳이 꼭 끝까지 올라갈 필요가 있냐며, 이만큼 즐겼으니 됐다고 중간에 가자고 했단다.

그 말을 듣는 순간 마치 내 편이 생긴 것 같았다. 마음이 편해졌다. 제주도민이 한라산도 안 가봤냐는 말이나, 한 번은 가야 하지 않겠냐는 강요 아닌 강요에 굳이 따를 필요가 없다는 생각이 들었다.

강원도가 고향인데 설악산도 한번 가보지 않은데다, 제주로 이주한지 7년이지만 한라산 중턱에도 가보지 않았다. 하지만 직접 발을 디뎌 보지 않았을 뿐 한라산을 매일 만난다. 내가 사는 오등동은 제주 시내지만 중산간(해발 100~300미터의 고지대)에 있는 한적한 동네다.

아침에 일어나 베란다에서 보면 한라산의 머리가 살짝 보인다. 미세먼지가 심한 날은 뿌옇지만 맑은 날에는 나무 하나하나 셀 수 있을 정도다. 이렇게 아침에는 한라산 머리통만 보고 회사로 출근한다. 회사가 시내에 있기에 한라산을 뒤로하고 운전을 한다.

하지만 퇴근할 때는 비경(秘境)을 만나게 된다. 고층 건물이 그리 많지 않은 제주도의 특성상 운전을 하다 보면 운전석 앞 유리가 꼭 TV 브라운관 같다. 푸르른 하늘에 흰 구름이 멋들어지게 펼쳐져 있는 데다 한라산이 가운데 떡하니 자리 잡혀 있는데 그 기운이 어찌나 늠름하고 장엄한지, 퇴근하는 20분 중 이 광경을 볼 수 있는 2~3분간의 시간이 하루의 피로를 제대로 풀어준다.

자연에 대한 경외감이 이런 걸까? 등산도 싫어하고 자연도 멀리했던 이에게 문득문득 보이는 한라산의 자태는 저절로 두 손을 공손히 모으게 한다. 비록 클라이밍은 못 하지만 드라이빙을 하면서 오늘도 퇴근 시간, 그 환희의 3분을 기다린다.

한라산은 퇴근시간 이외에도 불쑥불쑥 나타난다. 평소에는 그 모습을 감추고 있다가 '나 여기 있지' 하며 빼꼼히 보이니 가끔 여기가 제주도였구나 하고 흠칫 놀랄 때도 많다. 사실 나는 서울 살 때나 제주에 사는 지금이나 달라진 거라곤 지하철을 이용하는 뚜벅이에서 자가용을 끌고 다니는 드라이버가 되었다는 것밖에 없는 직장인이다. 오히려 제주에 살고 싶어 안달 난 지인들이 나보다 훨씬 제주를 잘 알고 있는 것 같이 느껴질 때도 있다. 이름 모를 오름과 나는 안 가본 도민 맛집을 잘도 꿰차고 있어서 제주에 오면 우리에게 귀띔해주곤 한다.

"종달리에 ○○아구찜이 유명하구요. 서쪽에서 제대로 일몰을 보려면 ○○오름으로 가야 해요." 그럴 때마다, "제주도는 도민보다 관광객이 더 좋은 데 잘도 안다이!" 하며 어색한 제주어로 대답하며 멋쩍게 웃어버린다. 그러니 누군가는 제주에 살면 매주 오름에 오르고 한 달에 한 번 한라산에 갈 거라 꿈꿀지도 모르겠다.

하지만 서울에 있을 때와 매 한가지로 나는 주말에는 밀린 집안일을 하거나 피곤에 절어 지낸다. 그나마 집 근처 카페나 가면 잘 보내는 거다. 그래도 어디든 차를 타고 이동할 때마다 한라산이 지켜보고 있다.

그때마다 한라산은 "사람들이 그리 원하는 제주에 네가 살고 있다"고, 그러니 "매 순간 감사하며 살아가라" 말하는 것 같다. 또 언젠가 그 넓은 품으로 놀러와 주기를 바라는 것 같기도 하다. 그래서 오늘도 한라산 코스 중 가장 짧은 영실코스를 열심히 글로 오르고 있다. 언제나 그 자리에 있는 한라산에 감사하며…….

화내도 괜찮아

나는 화를 안 내는 사람, 아니 못 내는 사람이다. 언제부터였는지는 모르겠지만 화를 내면 일이 해결되기보다 오히려 더 안 좋아지는 것 같았다. 다시 곰곰이 생각해보니 평소 화 많은 엄마에게 대들며 같이 화를 내다 더 혼난 이후였던 것 같다. 그래서 무조건 참았다. 세상에서 참는 걸 제일 잘하는 사람이 되는 걸 목표로 사는 사람처럼.

조용한 카페에서 누군가 큰 소리로 통화를 해도, 음식점에서 시킨 음식이 아닌 다른 게 나와도, 배달 음식에서 머리카락이 나와도 참았다. 아랫입술을 더 굳게 다물었다. 가끔 턱이 아팠다. 항의하는 주변의 지인들과 달리 조용히 이어폰을 끼고 음악을 듣거나, 뭐든 잘 먹는다며 애써 웃음 짓고, 집에서도 가끔 들어가는데 뭐 어떠냐며 함구했다. 그게 좋은 건 줄만 알았다.

그러나 "쟈는 돌부처여" 하는 가족들의 칭찬 같은 놀림을 들을 때마다 헷갈렸다. 과연 잘하고 있는 건가? 아니면 잘못되어 가고 있는 건가? 결국 화를 참는 건 다른 이에게는 좋을지 몰라도 내게는 그리 좋지 않다는 것을 알았다. 지나쳐 버린 그 수많은 화가 사라진 게 아니라는 것도 함께 말이다.

분노(憤怒). 분하면 성을 바깥으로 내야 하는데 분하지만 성을 내 몸 안에 갖고 있었다. 가슴이 답답하고 말이 잘 안 나오고 온갖 생각이 들다 결국 억울한 마음이 드는 것은 모두 과거의 화들이 쌓여서 나온 반응이란 것을 알았을 때, 이미 내 몸과 마음은 망가져 있었다.

처음 제주에서 일을 할 때도 육지에서 사회생활을 할 때처럼 답답한 일들이 있을 때마다 혼자 삭혔다. 삭히니 없어지지 않고 결국 곪아서 썩어버렸다. 누군가의 지속적인 따돌림과 경멸의 눈초리를 받는 상황에서도 그 사람의 상황을 살피며 내 마음을 다독였다. 어쩔 수 없는 선택이었을 거라고 오히려 그의 마음을 이해하려 했고 다른 누군가가 그의 잘못을 지적할 때조차 그래도 좋은 사람이에요, 하고 두둔했다. 사실 엄청난 상처를 가슴에 안고 있었으면서 말이다.

평소 맨 정신에 화를 낸 적이 없던 아빠는 1.8리터짜리 됫병 소주를 드시면 평소에 없던 거친 말을 하셨다.

그때서야 화를 풀어 낸 거다. 그러다 60세도 못 되어 폐암으로 6개월 만에 돌아가셨다. 아빠의 화는 매일 한 갑씩 피어대는 솔담배와 함께 폐 속에 차곡차곡 쌓여 있던 게 아닐까? 아빠의 성격을 고대로 빼닮은 딸도 이해심 넓은 사람이 되고 싶어 그리 살다 가슴에 혹이 났고 결국 이렇게는 안 되겠다 싶었다.

작은 화부터 내보기로 했다. 화를 별로 내 본 적이 없으니 연습이 필요했다. 운전하면서 깜빡이도 안 켜고 내 앞으로 끼어드는 차에 대고 열여덟을 외쳤다. 순간 내 귀가 어색했지만 마음으로는 잘했다 치켜세웠다. 결혼한 지 10년인데 부부싸움한 날을 다섯 손가락에 꼽게 한 남편에게도 조금씩 화를 냈다.

처음에는 '얘가 왜 이러나? 몸이 많이 안 좋은가?' 의아해 하기에 "앞으로 화 좀 내고, 편히 살기로 했어." 그랬더니 의외로 쿨 하게 받아 주었다. 화를 곧잘 내는 여덟 살 딸아이에게는 "잘 한다 잘한다. 아고, 잘 한다!" 하며 화내는 것이 너를 살리는 거라 덧붙였다. 회사에서도 화 낼 일은 바로 이야기를 하고 항의하기 시작했다.

서울에서 초반에 직장생활을 할 때는 쥐죽은 듯, '이래도 흥, 저래도 흥!' 하며 없는 사람처럼 살았는데 말이다. 다행히 같이 일하시는 분들이 너그러운 분들이라 그렇지, 아니었다면 너무 변해 약 먹었냐고 할 정도로 화를 내고 또 냈다.

"화는 참아야 하는 것이 아니라 다스려야 하는 것"이라는 틱낫한 스님의 말처럼 무조건 참기만 하는 것이 답은 아니었다. 하지만 또 다른 마음도 분명 들었다. "화를 내면 주위 사람들은 상처를 입지만 가장 큰 상처를 입는 사람은 바로 당신"이라고 말하는 톨스토이에게, 그래서 난 어찌해야 하는지 묻고 싶었다. 그러다 내가 내린 결론은 바로 웃으면서 화내기, 아니면 화내고 바로 웃기기였다.

화장실에 갈 시간도 없을 만큼 어찌 이렇게 일이 많을 수 있을까 싶은 날에 누군가의 실수로 내 업무량이 늘어났을 때, 예전 같으면 괜찮다며 억지웃음을 짓고 묵묵히 일했을 텐데 요즘에는 이리 말하며 우는 소리를 한다.

"내가 ○○때문에 죽어지크라!"

나의 어색한 제주어 때문인가 아니면 순간 그도 머쓱해진 건가, 돌직구를 날리는 내 말에 함께한 모든 이들이 웃어버렸다. 일이 많아졌다는 사실은 변함이 없었다. 하지만 화를 뱉고 나니 내 안에 분노는 없어졌고, 상대도 미안한 마음은 들었겠지만 내가 미워하는 마음은 없다는 것은 알았으니 안심이 되었을 거다.

그랬더니 신기한 일이 생겼다. 답답했던 가슴이 조금 풀렸다. 말문이 막혔던 입이 슬금슬금 열렸다. 내 안에 있던 화들이 나오면서 진심도 같이 나오기 시작한 거다. 겉으로는 웃으면서 뒤에서는 다른 이를 욕하는 게 아니라 상대방에게 정면으로 진실을 이야기할 수 있는 힘이 바로 이곳 제주에서 더욱 강해졌다.

누군가 농담처럼 옛날부터 제주도에는 불의에 항거하고 유배 온 사람들이 많아 그 후손인 제주도민들이 많다는데, 아마 나도 그 기를 조금이나마 받은 걸까? 제주에 오니 입에 발린 말보다 입바른 소리를 더 하게 된다.

"자이, 또 용심(화의 제주어) 내메. 조심허여."

이제 난 돌부처 아닌 용심난 여자다.

무모한 도전의 섬

서른 살까지 고수해오던 긴 머리가 점점 짧아졌다. 허리에서 어깨로 그리고 턱 선까지. 그러다 서른네 살, 제주에 오면서 쇼트커트(Short Cut) 인생이 시작됐다. 남자 못지않은 골격과 다듬지 않은 숯검댕이 눈썹, 선크림만 슬쩍 바른 거무스름한 피부 때문에 머리를 길러야 그나마 여성성을 고수할 수 있을 거라 생각했다.

하지만 "머리 기른 남자 같다"는 말을 듣는 순간 그건 나만의 착각이었음을 깨달았다. 어차피 이런 말을 들을 바엔 과감히 잘라버릴까, 수십 번을 고민하다 결심했다. 긴 머리를 감고 말리며 하루에 30분씩 투자할 필요가 있나 싶었다. 제주에서는 딱히 알아볼 사람도 그리 많지 않으니 아주 짧게 잘라 보기로 했다. 처음 해보는 파격적인 스타일이 걱정되어 미용실에서 차마 거울을 볼 수 없어 단발령을 수행하듯 내내 두 눈을 꼭 감고 있었다.

그런데 웬걸, 제주에서 인생 머리를 만났다. 복주머니형 얼굴이라 머리가 길면 통통한 볼따구가 더 부어 보인다는 걸, 머리숱이 많아서 길면 길수록 정수리 쪽 볼

륨이 푹 죽어버리는 걸 알았다. 헤어스타일이 변하니 1분 머리 감기와 1분 말리기가 가능했다. 볼 옆에 머리카락이 없으니 턱 선이 갸름해 보였고, 곱슬머리라 펌을 하지 않아도 머리가 가벼워져 없던 볼륨이 살아났다.

그런데 최근 코로나19로 미용실에 못 가서 머리가 어깨까지 길었다. 베토벤 머리라는 둥, 영화 취권에 나오는 배우 성룡 머리라는 둥 놀림을 받다 결국 마스크를 끼고 단골 미용실에 가서 원래의 나로 돌아온 지 얼마 되지 않았다. 잘린 머리카락들 위에서 원장님 포함 미용실에 있던 이들은 모두 환호했다. 집에 돌아오니 "보는 내가 속이 다 시원하다"며 남편 또한 반겨주었다.

이주해온 첫 해, 그렇게 헤어스타일 하나로 새로운 사람이 된 후 그동안 못했던 것들을 마구잡이로 시도해 볼 용기가 생겼다. 그동안 왜 그런 용기가 없었던 걸까, 의아할 정도다. 몇 년이 지나 그 당시를 떠올려 보니 그건 용기가 아닌 포기에서 나온 힘이 아닐까 싶다.

제주에 오기로 마음먹었을 때 핑크빛 미래는 꿈도 꾸지 않았다. 돈도 마음도 각박한 상황이었지만 10년 회사생활에 지칠 대로 지친 남편을 위해 내린 결정이니 오로지 가족의 안위만을 따졌다. 신혼 때 대출받아 구입한 20년 된 복도식 아파트를 급히 처분하고 1억 조금 넘는 돈을 챙겨 막 돌 지난 딸아이를 데리고 왔다.

그건 허무맹랑한 용기라기보다 케세라세라(que sera sera 될 대로 되라), 포기가 더 맞는 말이지 싶다. 희한하게도 앤드류 카네기가 "행복의 비결은 포기해야 할 것을 포기하는 것이다"라고 말한 것처럼 하나 둘 포기하니 행복해질 것들이 셋 넷 생겨났다.

긴 머리에 이어 두 번째 포기한 것은 어두운 색깔 옷에 대한 집착이었다. 최대한 나를 드러내고 싶지 않은 심리에서인지 그동안 검은색, 회색, 갈색 옷만 주야장천 입고 다녔다. 갑자기 장례식에 가야 할 일이 생겨도 전혀 어색하지 않은 옷차림이었다. 그런데 무채색을 포기하면서 나만의 색깔을 찾을 수 있었다.

내가 좋아하는 색이 무엇인지, 어떤 색이 어울리고 어울리지 않는지 알았다. 평소 거들떠보지도 않던 원색들은 작은 소품부터 시작했다. 흰 땡땡이가 경쾌하게 박혀 있는 주황색 원피스, 채도 높은 노란 양말, 앙증맞은 리본이 달린 새빨간 구두까지.

어릴 때부터 콤플렉스였던 검은 피부가 더 검게 보일 거란 생각에 피해왔는데, 그건 오산이었다. 오히려 반사광 효과 때문인지 검은 옷을 입을 때 칙칙해 보이던 피부가 밝은 색 옷들로 환해 보이기까지 했다.

인생 첫 빨간 구두를 신고 출근한 날은 야근을 하면서도 괜스레 기분이 좋아 들떠 있는 나를 발견했다. 오즈의 마법사에 나오는 도로시처럼 뒷굽을 탁, 탁, 탁, 세 번 쳐보기도 했다. 아이 같아진 내 행동에 순간 웃음이 나왔다. 그 후로 빨간 컨버스 운동화도 샀으니 나이 들면 빨간색이 좋아진다는 말이 틀린 말은 아닌 듯하다.

마지막으로, 좋아하던 것을 멀리하고 싫어하는 것(사람 포함)들을 가까이하게 되었다. 익숙한 것을 좋아하고 새로운 것은 싫어하던 고답이(고구마 답답이)가 제주에서 다양한 사람들을 만나고 다채로운 경험의 장들을 마주하였다. 서울에서는 바쁘다는 핑계로 늘 만나는 사람들만 보고 가던 곳에만 갔는데 희한하게 제주에 오니 달라졌다.

솔직히 처음 2~3년 동안은 내 스타일을 고집하고 나와 결이 맞지 않을 법한 사람들과의 만남이나 장소는 피했다. 그런데 점점 스스로가 만든 내 안의 보이지 않는 벽을 깨부수고 싶었다. 쇼트커트를 하고 빨간 단화를 신으며 나름 파격적인(?) 행보를 이어가다 보니 인생 자체도 그전과는 다르게 살아보고 싶었던 거다. 그렇다고 모든 판을 바꿔버리기에는 속이 좁짝했다(좁다는 제주어). 기존의 내 모습도 조금은 놔두고 틈틈이 바꿔보자, 그리 마음을 편히 먹었다.

유재석과 여러 멤버들의 활약으로 2006년부터 13년 동안 MBC에서 인기리에 방영된 〈무한도전〉을 가끔 본 적이 있다. TV를 자주 보지도 않거니와 예능 프로그램은 특히 그리 오랫동안 보지 못하는데 말이다. 어떤 날에는 에어로빅 대회에 나가기 위해 애를 쓰고, 또 언젠가는 조정(漕艇) 대회를 준비하며 서로 다투기도 했다.

왜 저 짓을 하나 싶을 만큼 안쓰러운 모습에 집중하다가, 마지막 그들이 해냈을 때는 큰 감동을 받았다. 처음에는 도전이 무모하고 무리인 듯 보이지만 결국에는 이루어내는 모습을 보며, 비록 유재석이 말했던 '경합하는 꼴찌'에 지나지 않지만 그 도전과 노력에 마음 속 박수를 쉼 없이 쳤다.

이제 와서 무엇을 포기하고 또 시도해 볼까 싶지만, 나도 그들처럼 무모한 도전을 해 보고 싶게 만드는 제주에 살고 있다. 《우리는 분위기를 사랑해》 오은 시인이 면지에 직접 써 주신 글귀, "틈을 내세요. 그 틈으로 빛살들이 들이칠 거예요"라는 말을 잊지 않으려 노력한다. 어디에도 틈을 주지 않으려 애쓰던 내 인생에 일부러 작은 틈들을 만들고 있는 중이다.

그리 하니 환한 햇살들이 속속 들어오는 것 같다. 지금은 그 햇살에 눈이 부실 지경이다. 이젠 예전의 나로 돌아가려고 할 때마다 마음 속 어딘가에서 조용히 "무한 도전"을 외칠 준비도 완료!

세 마리 자반고등어가 되어

"엄마, 발에 모래 묻었어요!"

8살 딸아이가 울상을 짓는다. 아기 때부터 바닷가에 가면 모래사장에 발이 닿는 것을 싫어했다. 또래 친구들은 온몸에 모래를 묻혀가며 하루 종일 모래놀이를 해도 성에 차지 않는지 막판에는 안 가겠다 드러눕던데, 우리 딸은 샌들에 양말을 신고 나서야 해변을 조금 걸을 수 있을 정도였다.

촉각이 유독 예민한 것 같아 걱정하면서 혹여 크면 좀 나아질까 싶었지만 지금도 크게 달라지지 않았다. 사실 나도 어릴 때 모래나 흙 만지는 것을 끔찍이 싫어해 조금이라도 손에 흙이 묻으면 "지지"를 외치며 씻겨 달라고 난리였단다. 생긴 건 흙 파먹으며 놀게 생겼는데 말이다. 어쨌든 다른 이들보다 초특급 예민한 피부를 가진 모녀다.

반면 남편은 어릴 적 대천해수욕장에서 아침부터 밤까지 혼자 여기저기 쏘다니며 놀아서 시어머니가 찾아 헤매느라 진을 빼기도 했단다. 그만큼 바다를 사랑하는 사람이다. 모래 닿는 것을 싫어하고 바닷물을 멀리하는 집안의 두 여자 때문에 제주에 살면서도 바다에 가본 날이 서울 살 때보다 적었다.

여름방학 동안 제주에 놀러 오는 지인들이 3박 4일간 매일 바다로 출근하는 걸 보며 신기하기도 하고 부럽기도 했다. 작별인사를 위해 마지막 날 만나 보면 그들의 피부는 파도에 닳은 현무암처럼 검고 반지르르 윤이 났다. 하지만 그 옆에 희다 못해 왼쪽 턱 아래 파리한 핏줄이 선명하게 보이는 딸이 건조하게 서 있었다.

수영은 당연히 하지 못한다. 초등학교 시절 강에서 놀다 순간 발이 안 닿는 아찔한 경험을 한 뒤로 물을 무서워했다. 물은 그저 두려운 존재였다. 강릉이 고향이니 경포 바닷가가 지척이었지만 해수욕은 그리 내키지 않았다. 그래도 바다를 바라보고 있으면 왠지 마음이 편안해져서, 야간자율학습도 땡땡이 치고 무작정 경포행 시내버스를 타고 간 적도 있다. 그렇게 불쑥 밤바다를 거닐기도 하던 감성적인 여고생이었다.

바다는 내게 풍경화 같은 존재였다. 멀리서 바라보고 음미하는 곳이었다. 바다가 사변을 둘러싸고 있는 제주에 살아도 마찬가지였다. 바다가 사람으로 가득차기 시작하고 해수욕이 절정인 7~8월 성수기에도 남편과 아이가 노는 것을 지켜볼 뿐이었다. 모래사장에 최대한 몸이 안 닿게 돗자리로 영역을 만들고 그 위에 누워 있는 것이 가장 안전했다.

솔직히 바다에서 놀고 난 후의 일들이 성가셨다. 마지막으로 발을 씻기 위해 모래를 털고 나와도 다시 모래알이 붙는 것이 싫었다. 끈적이는 몸으로 어찌어찌 해변 샤워장에 도착하기는 했지만 온수가 나오는 샤워장은 그리 흔치 않았고 얼음장같이 차가운 물로 샤워하는 것도 끔찍했다. 그러니 해수욕을 점점 멀리하게 되었다.

두 살배기 딸이 입던 튜브와 구명조끼는 창고에서 몇 년 째 나오지 못 하고 색이 바래져갔다. 우리가 쓰던 대형튜브는 바람을 넣는 부분이 삭아 버릴 수밖에 없었고, 튜브에 바람을 넣는 미니 공기주입기도 갈 곳을 찾지 못하고 차 트렁크에서, 보일러 창고에서 이리저리 치이는 중이었다.

그런데 작년 병원에서 암 진단을 받고 올 여름에는 바다에 들어가기로 마음먹었다. 바다가 가진 치유의 능력을 믿고 싶었던 걸까? 야근하며 줄기차게 먹어대는 라면과 즉석식품에 절어 산성화된 몸을 소금으로 알칼리화 하겠다는 야무진 목표도 있었다. 제주에 온 지 몇 달 되지 않았을 때 자주 갔던 식당 주인들의 이야기를 기억한 것인지 모르겠다.

우리가 자주 갔던 그 식당은 삼달리에 있던 유기농 채식 식당이었다. 우애 좋아보이던 세 자매가 주인이었는데, 하얗고 야리야리한 두 살배기 딸이 밥도 영 신통치 않게 먹는 것을 보고 골골거리게 생겼다며 걱정하셨다.

그러고는 "겨울에 감기에 안 걸리려면 여름에 신나게 바다에 넣었다 뺐다 해야 한다"며 소금의 중요성을 이야기해 주었다. 당시에는 그 말이 도통 이해되지 않았는데, 이제서야 그 의미를 알게 되었다. 옛 조상들이 그저 놀기 위해서 해수욕을 한 것이 아니라는 것을 말이다.

미네랄이 풍부한 해수에 몸을 적시고 나와 염분이

포함된 바람에 몸을 말리고 햇볕을 쬐는 것을 반복하는 것이 우리 몸에 얼마나 이로운지 이제는 안다. 비타민 D와 헤모글로빈의 증가뿐만 아니라 바닷물 속에서 일어나는 삼투압 현상으로 내 몸이 스스로 자정작용을 한다는 것도. 그건 하체 비만으로 코끼리 발목을 가진 내가 바다에서 신나게 걷다 나오면 붓기가 쏙 빠지는 경험을 하면서부터 확신으로 바뀌었다.

그리하여 마음을 단단히 먹고 바다와 가까워지기로 결심했다. 이제는 풍경화를 감상하는 미술관이 아니라 VR글라스를 끼고 경험하는 3D체험관으로 바다를 대하기로 말이다. 아니, 직접 보고 만지고 냄새 맡으며 바다를 경험하기로 했다. 반팔 입을 날들이 조금씩 늘어나는 6월 중순부터 슬슬 차 트렁크에 여벌옷과 수영복을 싣고 다녔다.

그리고 두세 시간이라도 틈이 나면 우리 가족은 무조건 근처 해변으로 출동했다. 이제 해변에 앉아 대형 우산을 펼치고 책을 읽거나 휴대전화를 만지작거리는 사람은 없다. 엄마 아빠가 다 같이 바다에 빠져 노니 처음에는 소극적이던 딸도 변했다. 물에 대한 두려움을 조금씩 떨치고 나름 배영을 하며 하늘을 바라보는 여유까지 부린다. 이 시간들을 가장 반기며 환호한 사람은 당연히 남편이다.

사면이 바다로 둘러싸인 제주에서도 금능해수욕장은 특히 여름에 자주 가는 곳이다. 물 빠진 날은 수심이 깊지 않아 아이와 함께 놀기에도 좋고, 바닷가 근처 야영장에 그늘막 텐트를 쳐놓을 수도 있다. 아무리 더운 여름날에도 1~2시간 놀다 보면 입술이 파래질 정도로 체온이 떨어지는데, 해수욕장 근처 매점에서 각자 원하는 컵라면 하나씩을 고른다.

그러고는 텐트로 조심스레 들고 와 매점에서 얻은 라면박스를 밥상 삼아 맛있게 먹는다. 얼큰하고 뜨거운 라면으로 따스해진 몸은 다시 바다로 향할 힘을 준다. 해가 어스름해져 집에 갈 시간이 되면 10리터까지 담을 수 있는 휴대용 자바라 물통 하나로도 세 명이 씻기에 충분하다.

수영복을 입은 채로 물을 뿌린 뒤 그저 자연바람에

말리고, 차에 몸을 싣고 집으로 돌아가면 끝이다. 노곤해진 몸에 딸아이는 차에서 까무룩 잠이 드는데 가끔 귓등이나 목 언저리에 소금기가 남아 있다. 그 모습을 보면 '우리 딸 올 겨울에는 감기 안 걸리겠네' 하며 속으로 웃곤 한다. 제주산 소금에 제대로 절여진 우리 가족, 건강하게 올 겨울을 나고 또 내년 여름을 즐길 수 있기를 고대한다.

무심? 유심! 카드가 아닙니다

"시상에, 그 아방 참 무심하난."

제주에 살면 많이 들리는 말이다. 어느 날인가, 하도 궁금하여 제주 토박이 언니에게 물었다. 제주도분들이 '무심하다'란 말을 유독 많이 쓰는 것 같다고. 두 아이를 키우는 워킹맘으로, 겨울철 주말에는 친가와 시가의 하우스 작업을 돕느라 촌(시골)에 가기 바쁜 40대 후반 언니로부터 돌아온 대답은 이랬다.

"특별히 더 쓰는 건 잘 모르겠고, 우리 윗세대들이 좁은 지역 사회에서 안 좋은 일을 많이 겪어 그런 게 아닐까 해. 좋게 말하면 공동체 의식이 높고 연대감이 강한 거지. 그러니 다 거념하고(돌보다의 제주어) 관심 갖고 돌보고 나누는 걸 당연하다 생각해. 근데 사실 우리 세대들은 거추장스럽고 부담스러울 때도 있어."

처음 제주에 왔을 때, 아니 제주에 오기로 결심한 후부터 괸당(친족) 문화에 대해 걱정이 없었던 것은 아니다. 예부터 집성촌처럼 친척들이 모여 살던 시골에 살다보면 겪게 되는 웃지도 울지도 못할 일화를 제주이주 관련 온라인 커뮤니티에서 이미 수없이 읽었다. 특히 대문이 없는(비록 정낭은 있지만) 시골에서는 지나가던 동네 어른들이 제집 드나들듯 들어오신다는 얘기부터, 남의 집 숟가락 개수도 알 정도라는 둥, 현관문 꼭꼭 잠가 놓고 다니는 아파트 생활자에게는 조금은 두렵고도 불편할 수 있는 이야기 천지였다.

고등학교를 졸업하고 열아홉 살에 대학교 기숙사에 들어간 뒤, 2학년 때부터 자취생활을 하며 결혼 전까지 거의 10년간 독립적인 생활을 했다. 그러니 방학 때 시골에 와서 잠깐씩 겪는 부모님의 간섭도 귀찮을 만큼 나는 개인적이다 못해 이기적인 사람이었다. 혼자 있는 것이 더 편했다.

야근할 때도 떼 지어 밥을 먹으러 가는 것보다 혼밥을 하는 것이 소화가 더 잘 됐다. 다른 사람들 눈치 보며 씹는 속도를 조절해야 하는 것이나, 좋아하는 반찬을 실컷 먹지 못 하는 일들이 마뜩찮았다. 서울에서는 홀로 심야 영화를 보러 가거나 종점까지 가는 버스 여행을 하며 군중 속의 고독을 즐겼다.

다른 이에게 일절 관심 없는 사람이었다. 가장 많은

마음을 주고받아야 할 가족에게도 그러한 나를 보며, 엄마는 서운하셨는지 '목석같은 딸'이라며 씁쓸한 웃음을 보이셨다. 그럼에도 눈을 피하고 귀를 닫는 건 나의 주특기였다. '어차피 인생은 혼자'라는 어설픈 인생론을 가진 것이 그때는 오히려 대견스럽고 자랑스러울 정도였다. 결국 7년 전 나는 말 그대로 무심(無心)한 사람이었다.

그런데 괸당 문화에 대한 우려와는 달리 제주에 와 처음 겪은 제주도 사람들은 나보다 더 무심해 보였다. 신기하리만치 편안했다. 이곳에선 없는 사람처럼 살 수 있겠구나, 하는 생각이 들었다. 남이 옷을 벗고 다니든 말든 개인의 취향을 존중해 주며 그리 큰 관심을 두지 않는다는 서양인들의 성향이 가끔 부러웠는데, 누군가 제주도가 외국 같다던 그 말이 이 말이구나 싶었다.

하지만 점점 그 말도 이 말이 아니라는 것을 하나 둘 경험했다. 분명 처음에는 돌하르방처럼 '무뚝뚝'이 뚝뚝 흘러나오는 아방과 어멍들이, 한 번 만나 눈인사를 하고, 두 번째 볼 때 목 인사를 하고, 세 번째는 씩씩하게

"안녕하세요, 삼춘!"이라고 하면 무심한 자는 유심한 자로 바뀌곤 한다. 언제 그랬냐는 듯 폭풍 수다가 한참 동안 이어진다. 나이가 많고 적고는 상관없다. 오히려 남자들의 말이 더 흘러넘치기도 한다.

이주한지 얼마 되지 않았을 적에는 시골 어른들의 제주어를 반도 이해하지 못해 그저 웃으며 "네"만 연달아 반복했다. 그러다 보면 집으로 데려가 노란 컨테이너에 귤을 하영(많이의 제주어) 담아주시고, 우영팟(텃밭의 제주어)에서 열무고 고추고 한아름 따다 가슴에 안겨 주셨다. 하루 한 끼를 외치는 평생 다이어터에게는 터무니없이 많은 식재료지만 그 마음을 차마 뿌리치지 못해 고대로 받아오곤 했다. 그러고는 내 집 앞에 살고 있는 누군가에게도 그 마음들을 나누어 주었다.

희한한 것은 서울에서는 분명 '목석'이란 별명을 부끄러워했는데, 제주에 와서는 오히려 '나목석'이라는 필명도 지었다. 억지로 마음을 나누는 것이 아닌 진심으로 소통하는 것을 알았다고나 할까? 돌하르방의 얼굴을 가만히 들여다보면 꾹 다문 입술 속에 살짝 삐져나오는 미소를 느낄 수 있다. 마치 모나리자의 미소를 떠올려보듯이, 아주 오래도록 마음으로 본다면 말이다. 소리 내어 치아를 드러내 보이며 크게 웃을 수 없을 만큼 여러모로 힘들었던 제주도의 돌하르방처럼, 나 또한 목석같이 눈 감고 귀 닫고 입 다물며 살았지만 이제는 살짝 미소 지을 수 있을 것 같다.

그러고 보니 '거추장스럽고 부담스럽다'고 말한 언니도 유기농 황매실을 한 자루씩 가져다 주고, 직접 담근 김치를 소담하게 담아 건네는, 무심하지 않은 이였다. 그런 이들과 함께 지내다 보니 나도 점점 유심한 자가 되어가고 있다. 누군가 도움이 필요한 것 같으면 자연스레 귀가 쫑긋해진다. 그리고 내가 낼 수 있는 가장 큰 목소리로 물어본다.

"무사(무슨 일 있어)?!"

유심은 나에게 더 이상 카드가 아니다. 제주에서 배운, 사람과 함께 사는 방법이다.

혼자만의 시간 속에 내가 보인다

사람들과의 모임을 좋아하는 사람.
그래서 모임을 만들고 또 만드는 사람.
'얘들아, 오늘 모여!' 번개모임을 제안하면 최소 5명은 모이는 얇고 넓은 인간관계를 가진 사람.

서울에서 살 때는 일주일에 최소 3일은 모임이 있었다. 술을 잘 못 마시는데도 불구하고 회사 동기, 대학 동아리, 호주 워킹홀리데이로 만난 모임 등 거짓말 보태서 백여 개는 될 정도였다. 주중에 퇴근하고 만나는 모임들 덕분에 월급은 받는 족족 회비와 밥값으로 나갔다. 정작 주말이 되면 피곤해 침대에 널브러져 있다가 일요일 오전이 되어서야 겨우 회복했다. 하지만 타임루프 영화처럼, 월요일부터 다시 갖가지 모임을 잡는 그렇고 그런 날의 연속이었다.

지금 돌이켜 보면 모임의 명분은 딱히 없었다. 그저 보고 싶어서였다. 만나서 나누는 이야기들이라고 해 봐야 "회사생활이 힘들다", "상사 때문에 그만두고 싶다", "결혼 생활도 쉽지 않다", 토로하는 것이 대부분이었다. 결론도 대책도 없는 도돌이표 같은 이야기를 이런 저런 사람에게 하고 나면 집에 돌아오는 길이 그리 허탈할 수 없다. 그나마 남아있던 마음의 에너지까지 전부 소진해 버리는 느낌이 싫었지만, 또 다음날 다른 누군가를 찾아 뻔한 이야기를 풀어놓았다.

제주에 오자고 남편이 처음 제안을 했을 때 가장 먼저 떠오른 생각은 '사람들'이었다. 30년간의 인간관계 중 90%가 있는 서울을 떠나 제주로 간다는 것은 철저히 고립되기로 결심하는 거나 다름없었다. 추사 김정희나 다산 정약용이 어쩔 수 없이 귀양 온 제주도에 나는 내 발로 가게 된 것뿐이다. 스스로 선택한 귀양살이라 했지만, 그래도 어디서든 사람은 사귈 수 있고 또 혼자서도 잘 노는 성격이니 괜찮을 꺼라 나름 위안했다.

제주에 오니 역시나 사람 만날 일이 흔치 않았다. 대중교통이 발달되어 있지 않아 누군가를 만나기 위해서는 직접 운전을 해서 최소 10분 이상 최대 1시간 30분을 가야 했다. 약속된 수고로움이 동반되는 만남이었다. 제주에 이주해온 처음 1~2년은 그래도 사람이 그리워 제주 이민자들을 동서남북 찾아다니며 시간을 보내기도 했다.

하지만 심리적 거리감은 점점 커졌다. 예전에는 탄산 온천을 즐기기 위해 제주 시내에서 서귀포 남단에 있는 산방산 근처까지 가기도 하고, 동쪽의 월정리 바다를 보다 순간 서쪽의 애월 한담해변이 그리워 한달음에 간 적도 있었다. 그런데 차츰 차로 15분 거리인 10km도 멀다고 느끼는 일명 'Jeju Time'을 장착한 순간, 516도로를 타고 서귀포 시내에 가는 것이 서울에서 부산 가는 것 같았다.

점점 활동반경은 좁아지고 모임도 줄어 가족과 함께 하는 시간이 늘었다. 이는 나뿐만 아니라 제주토박이들도 그런 듯했다. 친정이나 시댁이 모두 제주도에 있으니 주말마다 촌에 가서 일손을 돕거나 주로 가족들과 많이 놀러 다녔다. "주말에 뭐하고 보낸요?" 하고 물으면 "그냥 촌에 가서 하우스 작업 끝내고 고기 꿔 먹고 놀았져" 하며 대수롭지 않은 듯 말했다.

그러다 보니 나 또한 서울 살 때처럼 다른 이들을 불러내기보다 가족들과 함께 집 근처 카페나 외곽에 도민

맛집들을 찾아가곤 했다. 주말에도 무언가 거창한 걸 하면서 에너지를 소진하기보다 가족들과 편안하게 한 주를 돌아보며 주중에 지친 몸과 마음을 돌보는 시간을 가졌다.

평소에는 아침 8시 30분까지 출근해 야근하고 돌아오면 거실 한 쪽에 걸린 초승달 모양의 이케아 벽 조명만이 덩그러니 이 집의 존재를 알리곤 했다. 직장생활만큼 힘든 초1 학교생활과 야근보다 더 지치는 집안일을 마친 두 사람의 새근대는 숨소리 대신 주말에는 가족들과 속 깊은 이야기도 나누었다.

그러다 가끔은 가족의 품에서 잠시 떨어져 나와 조금 더 나 자신에게 집중하는 시간을 가졌다. 처음에는 제주도에 그리 많지 않은, 24시간 운영하는 카페를 우연히 알게 되어 잠이 깬 어느 새벽 무작정 갔던 것이 시작이었다. 새벽 4시에 도착해 책을 읽다 글을 쓰다 아침 6시가 넘으면 연북로에 유명한 내장탕 집으로 가 술 한 모금 마시지 않고 해장을 했다. 그러고는 집에 돌아와 마치 방금 일어난 듯 출근 준비를 하곤 했다.

슈퍼맨이 밤새 악당을 물리치고 돌아와 옷을 갈아입고 평범한 신문사 기자인 클락이 되어 출근하는 것처럼. 나만의 비밀이 생긴 것 마냥 짜릿하고 흥분됐다. 시간이 날 때마다 카페로 날아와 슈퍼우먼이 되어 내 안의 잠재력은 무엇일까 상상해 보기도 했다. 새벽에는 마음이 차분해지니 나에 대해 생각하는 시간이 생긴 것이다.

이런 이중생활(?)은 어느 신문에서 읽은, 제주도로 이주해온 가수 이효리의 인터뷰 글과도 상통(相通)했다. 혼자 있는 시간이 많았던 그이는 제주도의 삶을 다음과 같이 멋지게 묘사했다.

"흙탕물 안에 뭐가 있는지 몰랐다가, 가만히 두고 침전물이 가라앉으면 정작 그 안에 뭐가 있는지 보이는 것 같다."

이 말은 제주도에 이주하니 뭐가 달라졌냐는 지인들의 물음에 언제나 인용된다. 그전에는 내가 누구인지보다 내가 누구와 있는지에 더욱 목을 맸다. 그래야 덜 외롭고 덜 슬펐다. 하지만 지금은 그 외로움이 내 삶을 지켜줄 뿐 아니라, 오히려 다채롭게 만들고 있음을 안다. 그러니 가족과의 시간만큼 혼자만의 시간도 내게는 대동소이 하다.

처음 가보는 카페에 앉아 아메리카노를 한 잔 시켜놓고 거기다 달달한 디저트 한 조각까지 맛본다면, 흙탕물은 이내 육각수가 된다. 무얼 좋아하고 어떤 이를 싫어하는지, 이번 한 주는 무엇이 나를 속상하게 했고 다음 주는 어떤 마음가짐을 가질지 곰곰이 생각하게 된다.

사람들 사이에서 일어난 문제를 사람들을 만나 풀던 서울에서의 모습은 이제 없다. 요가를 하지 않아도, 명상을 하지 않아도, 자연 속에 굳이 찾아 들어가지 않아도, 혼자 있는 공간에서 충분히 나를 찾아갈 수 있게 되었다. 제주에 오지 않았다면 얼마나 더 뿌옇게 살고 있었을지, 정수도 불가한 상태가 되었을지 모를 일이다. 이 글을 쓰는 지금 이 순간도 바로 24시간 카페, 나만의 전용 자리에서 즐기는 중이다.

별 헤는 푸른 밤

제주 이주 만 2년차 되던 2016년 8월 여름날, 다음 날 새벽 별똥별이 100개 이상 떨어진다는 뉴스를 아침에 보고 말았다. 그날 밤의 지지하고 부진했던 기억은 4년이 지난 지금도 생생할 정도니 차라리 그 뉴스를 못 봤다면 어땠을까? 아직 제주에 살고 있었을지도 의문이다.

그만큼 그날은 내게 제주살이를 연명케 하는 생명줄 중 하나라 해도 과언이 아니다. 36년 평생 별똥별은 책에서만 봤던 나는 앵커가 약간은 상기된 목소리로 전해주는 뉴스에 혹했다. "1시간에 150개!", "별똥별이 비처럼 쏟아집니다!", "육안으로 볼 수 있는 절호의 기회"라며 마치 쇼핑 호스트처럼 말하니, 안 보면 땅을 치고 후회할 것 같았다.

미치게 궁금하고 설렜다. 밤이 될 때까지 '유성이란?'부터 '유성 관찰하는 법'을 찾고 또 찾았다. 어느 블로그에는 목을 뒤로 젖히고 오랜 시간 있으면 생각보다 매우 힘들 것이라는 조언이 있었다. 지금은 제주시에 연식이 좀 된 빌라에 살고 있지만 가시리라는 시골 마을에 살 때는 앞마당이 있어 이케아 비치 체어를 가져다 놓고 하늘을 바라보기로 했다. 사실 그 비치 체어는 바다에서 쓰려 장만했지만 단 한 번도 사용하지 않아 새것이나 다름없었다.

스무 살, 나는 지방에서 올라온 가난한 영문과 학생이었다. 까만 뿔테 안경을 끼고 선머슴 같던 모습 뒤에는 언제나 남보다 뒤처진 느낌을 잔뜩 안고 살았다. 열등감. 마치 영화 〈건축학개론〉에서 강북에 살던 주인공 승민이가 자신을 압.서.방.(압구정, 서초, 방배)이라 칭하던 강남 선배 앞에서 느끼는 감정을 나는 대학교 4년 내내 달고 살았다.

그러다 남들 다 가는 어학연수 갈 돈이 없어 휴학하고 아르바이트를 해 호주행 비행기 편도권을 샀다. 수중에는 딱 150만 원이 있었다. 그건 일 년 간의 워킹홀리데이에서 holiday는 없고 working만 있을 거라는 이야기였다.

별에 처음 관심을 갖게 된 건 호주의 빅토리아주 끝자락에 있는 '밀두라'의 포도농장에서 숙식하며 일할 때다. 당시 포도농장에서 낮에는 가지치기를 하고 저녁에는 게

스트하우스에서 저녁을 해먹고 밤에는 숙소 게스트들과 시간을 보냈다. 약 한달 간 머물렀는데 나보다 두 살 많은 한국인 오빠가 별자리에 일가견이 있었다.

너바나의 리더 '커트 코베인'의 티를 즐겨 입던 별자리 오빠 덕분에 관심도 없던 내가 시골 은행 달력만한 별자리 책을 도서관에서 빌려와 책과 비교하며 매일 밤 시시각각 변하는 하늘을 관찰했다. 마치 점선을 따라 그려가는 어린 시절 그림책처럼 검은 도화지 속 별자리를 맞추는 작업은 신비롭고도 스릴 있었다. 고개를 쳐들고 하나하나 별을 따라가다 결국 책 속의 이미지와 똑같은 별자리가 완성되면 유레카를 외쳤다. 마치 나 혼자 그 존재를 알고 있는 것처럼 신이 났다.

그 시절 이후 하늘 볼 일은 그리 많지 않았다. 〈그래, 가끔 하늘을 보자〉라는 영화제목이 떠오르면 그때서야 고개를 쳐들고 고층빌딩숲에 가려 손바닥만 한 하늘을 바라보았다. 하지만 불야성인 서울의 밤은 오히려 보일 듯 말 듯한 별빛보다 올림픽대로의 차량 전조등이 더 아름답다 느끼게 했다. 그나마 종로구 창신동에 살 때는 하늘과 맞닿을 정도로 꽤 높은 언덕배기 아파트에서 종종 별과 조우(遭遇)했다.

밤 12시까지 일하다 막차를 타고 퇴근하던 날, 오래된 아파트의 12층 복도 끝집을 향해 터덜터덜 걷다 보면 건너편에 보이는 낙산공원의 가로등도 꺼져 있었다. 그때서야 '나 여기 있지' 하며 별들이 제 모습을 보여주곤 했다. 그건 진정 맛보기였음을 제주도에 와서야 알았다.

내 평생 최고로 별똥별을 많이 본 날을 떠올려 보면 죽을 때까지 기억에 남을 것이다. 그 광경도 분명 아름다웠지만 과정 또한 쉽지 않았다. 언제 나타날까, 오매불망 기다리던 눈은 점점 감기는 일이 잦았고 그럴수록 더욱 이마에 주름이 늘었다. 밤 10시부터 시작된 기다림은 2시간이 지나자 슬슬 짜증으로 바뀌어 홧김에 500ml 맥주 한 캔을 땄다. 그래도 혹시나 갑자기 떨어질까 눈은 계속 하늘을 향해 있었다. 지금 생각해 보니 내 인생에 그리 간절하게 무언가를 기다려 본 적이 그 전에도 그 이후에도 있었을까 싶다.

밤 12시가 지나면서 졸음이 밀물처럼 밀려드는 순간 눈앞에 흰 선이 살짝 보였다. 그러다 다시 눈꺼풀을 억지로 치켜들고 두 번째 맥주 캔을 마셨다. 그때 하늘에 아까보다 진한 연노란 선이 5센티미터 정도로 그어졌다. 너무 순식간이었다. 별똥별을 처음 본지라 황당했다. 소원은커녕 소리도 못 질렀단 말이다! 하지만 그것을 시작으로 둘, 셋, 넷, 총 열두 개의 별똥별을 만났다.

내 인생 첫 별똥별이었다. 어쩌면 마지막일 수도 있다. 그날 다행히 소원은 충분히 빌었다. 소원은 계속 되풀이 되었고, 정확히 기억은 안 나지만 건강하고 행복하고, 오래오래 함께하길 바란다는 아주 관념적이고 평범한 그런 것들이었다.

별빛은 대기 중에 산란되어 불안정하게 나타난 굴절된 빛의 반짝임이라는 것, 먼지를 비롯한 간섭물체가 온전한 별빛을 방해하는 것이기에 원래의 모습 그대로 보이는 것이 아니라는 말을 들으니 더욱 별이 좋아졌다. 별똥별도 혜성이나 소행성에서 떨어져 나온 티끌이나, 태양계를 떠돌던 먼지가 지구로 들어오며 그 마찰로 불타는 현상이란 것을 알고부터 더욱 끌렸다.

신성하고 온전한 줄 알아 대단해 보이던 저 별들이 사실 몇 십 광년 전 빛나던 것이라는 믿지 못할 이야기를 들으며 나를 생각했다. 비록 지금은 반짝이지 않더라도 언젠가, 아니 별이 사후에라도 더욱 빛나는 것처럼 지금 몹시 초라한 현실 속의 내 모습도 반짝일 수 있지 않을까 용기를 얻었다.

암흑 같던 일제 강점기에 시인 윤동주가 별을 노래하듯, "별 하나에 추억과, 별 하나에 사랑과, 별 하나에 쓸쓸함과, 별 하나에 동경"을 제주에서는 쉬이 만날 수 있다. 제주 시내에서도 물론 볼 수 있지만, 가로등 하나 없고 밤 10시면 거의 모든 마을의 불이 꺼져 있는 시골집에서는 일명 '별밭'을 만난다. 별자리를 이을 수 없을 정도로 촘촘히 반짝이는 별들을 보고 있으면 가슴이 먹먹해진다.

그 별들이 마치 나 같고, 내 가족 같고, 주위 사람들 같다. 상처받지 않으려 메마른 감정으로 낮을 살아가던 내게, 오래전 받았지만 풀지 않고 잊어버린 선물처럼 별은 밤새 다가온다. 그리하여 제주도 푸른 밤에 만나는 별들을, 제주에 오는 이들도 꼭 만나기를 바라며, 그들에게 그 무엇보다 꼭 하늘을 자주 보라 말한다.

제주의 산과 바다도 물론 아름답지만 무심코 올려보다 만나는 밤하늘 광경이 인생에서 큰 전환점이 될 수도 있다고 믿는다. 그리고 그 힘으로 살아지는 사람이 여기 있다, 전해본다.

패션 테러리스트가
패셔니스타가 되기까지

서울에서 옷을 사러 자주 간 곳은, 집 근처 마을버스로 5분 거리에 있던 동대문이었다. 두타몰, 밀리오레, apm 쇼핑몰, 세 군데를 하나씩 돌아보고 나면 평소 잘 걷지 않은 탓인지 발바닥이 불이 난 듯 화끈거렸다. 어떤 옷을 고를지 몰라 고민하고 또 고민하다, 함께 간 친구나 옷가게 사장님이 좋다는 옷을 선택하곤 했다. 내 마음에 드는 옷을 입으면 왠지 자신이 없었다. 다리가 길어 보이는 매장의 전신거울에는 남의 옷을 입은 듯 어색한 표정의 까무잡잡한 여자아이가 보였다.

어릴 때는 엄마가 골라 주는 어두운 색 옷만 입었고, 학창 시절에는 친구들이 다 입으니 질세라 유행을 따랐다. 회사에 다닐 때는 차분한 스타일의 살구색 H라인 스커트를 즐겨 입었다. 하지만 그러면서도 정답을 찾는 학생처럼 전전긍긍했다. 다리보다 팔이 길고, 누르스름한 피부에 하체가 유난히 튼실한 내게 어울리는 옷이 분명 있을 거라고 생각했다.

한때는 명동의 양대 산맥인 S사와 L사 브랜드의 백화점에서 큰맘 먹고 캐시미어 코트나 실크 원피스를 지르기도 했다. 비싼 게 장땡이라며 통장은 텅 비었지만 카드 무이자 할부만 믿었다. 그러나 아무리 사고 또 사도 결국 정답은 찾지 못했다.

제주에 오기 직전 몇 달은 가수 지드래곤(G-DRAGON) 덕분에 더욱 유명해진 황학동 벼룩시장에 매료되었다. 빈티지의 천국인 이곳에서는 '설마 저런 옷을 입고 다닐 수 있겠어?' 하는 옷들이 꽤 높은 가격으로 흥정되고 있었다. 다른 이들이 다 입는 그 옷, 백화점에서 파는 고가의 브랜드 옷이 최고라는 생각은 그때부터 희미해진 듯하다.

그러다 제주에 오니 옷에 대한 선택의 폭은 극히 좁아졌다. 마치 줄서서 먹는 중국집에 가면 짬뽕만 팔고, 하루에 4시간만 장사한다는 분식집에서는 김밥만 파는 것처럼. 가끔 지역 커뮤니티 카페에 "옷 사려면 어디 가야 하나요?"라는 질문이 수시로 올라올 정도로 제주에는 옷 살 곳이 흔치 않았다. 그나마 최근에는 알음알음 잘도 생겼다지만 5~6년 전에는 동문시장 근처의 칠성로나 중앙지하상가에 가야 했다. 물론 대형마트에서도 옷이 팔지만 그건 왠지 패션이 아닌 생필품을 사는 느낌이 들어 제외

한다. 물론 마트에서 장을 보다 옷을 사 입을 때도 많은데 마치 패스트푸드를 고르듯이 실용적이고 가성비 있게 고를 뿐이다.

아시다시피 제주도의 삼다(三多)는 돌, 바람, 여자요, 삼보(三寶)는 바다, 한라산, 제주어다. 그럼 삼무(三無)는 무엇인고 하니 거지, 도둑, 대문이라 했다. 하지만 여기서 대문을 빼고 개인적으로는 '백화점'을 넣고 싶다. 백화점이 없다는 것이 이제는 충격적이지 않지만 첫 해에는 금단현상이 일어날 정도였다.

백화점은 팍팍하다 못해 구저분한(?) 나의 현실을 잠시 잊게 해주던 힐링 플레이스였다. 그러니 한동안 서울만 가면 백화점에 제일 먼저 들르곤 했다. 지하 식품 코너부터 7층 식당코너까지 느릿느릿 돌아다니며, 갖고 싶지만 가질 수 없는 물건들을 바라보다 1층 수입화장품 코너에서 립스틱이나 블러셔를 하나 고르곤 했다. 물론 세일 제품을 파는 3층의 행사 코너도 지나치지 않았다. 그곳에서 재이월상품인 듯 가격표가 겹겹이 붙여진 15만 원 짜리 티셔츠를 3만 원에 샀을 때, 현명한 쇼핑을 했다 뿌듯

해 하며 제주로 돌아왔다.

그러나 신기하게도 그 옷은 제주공항에 도착하면서 빛이 바랬다. 백화점의 고급스런 주백색 조명 아래서만 빛을 발하는 섬유로 만들어진 건가? 우리집 주광색 거실등 아래에서 꺼내 보면 아까 그 옷이 이 옷이 맞나 눈을 의심하게 된다. 햇빛이 강렬히 내리쬐는 직사광선의 제주 하늘 아래에서는 처음의 그 느낌은 이미 휘발된 지 오래다.

그 후로 몇 번 '사재기'의 고배를 맛보고 나서는 옷을 점점 사지 않았다. 최근 5년 전까지는 정말 안 사도 너무 안 샀다. 겨우 이너웨어나 양말 정도만 생필품과 함께 장바구니 속으로 던져졌을 뿐이다. 그러다 최근에서야 하나 둘씩 사기 시작했다. 옷에 구멍이 나서다. 특히 소매 끝단이나 티셔츠 목둘레 부분에 작은 구멍이 나더니 점점 커져 새끼손톱만 해졌다. 구멍 난 양말도 은근 많아졌다.

누가 남의 발가락을 유심히 볼일도 없거니와 회사와 집을 차로만 이동하니 신발을 벗을 일도 많지 않았기에 구멍 난 채로 몇 달은 버틸 수 있다. 대신 엄마 옷을 꽤 많이 물려 입었다. 먹는 건 아껴도 옷은 철마다, 아니 달마다 사며 쇼핑으로 스트레스를 푸시는 환갑의 엄마는 마흔 살 먹은 딸이 유행 지난 옷이나 색이 바랜 티셔츠를 아무렇지 않게 입어대는 모습이 안쓰러운지 볼 때마다 옷 좀 사 입으라고 성화시다.

하지만 회사에서나 모임에서나 옷과 가방 때문에 눈총을 받거나 놀림의 대상이 되는 일은 없다. 서울에 살 때는 분명 회사에 출근하거나 친한 친구들을 만날 때조차 나름 가장 고가의 가방을 신경 써서 들고 나가곤 했지만, 지금은 아니다. 지금은, 무조건 가볍고 큰 에코백이 간택되며 정장에도 운동복에도 그에 맞게 직물도 색상도 형태도 다양한 에코백으로 스타일링을 완성한다. 더욱이 에코백은 위기의 순간에 장바구니로도 변해주니 일석삼조다.

제주에서 이리 자유롭게 옷을 입고 다닐 수 있는 것은 주위 사람들의 영향도 한몫한다. 내 주위 분들이 특히 그런 건지는 몰라도 예전에 육지에 살 때와 달리 확실히 수수하고 소박하게 입는다. 그러다 보니 누군가에게 보이기 위한 것이 아닌 정말 필요한 옷만 샀다. 청바지가 한 벌 있으면 더 이상 사지 않는다. 다만 즐겨 입던 청바지가 얇아서 춥다 느끼면 겨울 청바지를 살 뿐이다. 옷으로 누군가를 평가하고 부러워하는 일이 줄어드니 낡은 옷을 거리낌 없이 입게 되었고 더 나아가 평소와는 다른 스타일링을 시도해 보기도 했다.

일명 레이어드룩. 나는 저혈압에 혈액 순환이 잘 안 되는 편이라 몸이 냉(冷)하고 남들보다 추위를 잘 탄다. 그래서 껴입는 것을 좋아한다. 발열 내복에 기모 셔츠, 경량 패딩 조끼, 울 가디건, 모직 코트 다섯 가지를 껴입다 보니 '오겹살'이라는 별명도 얻었다. 더울 때는 하나씩 벗어 던지고 다시 추워지면 차례를 바꿔 입어보기도 한다. 나만의 스타일이라며 사람들에게 어필하는데 "따뜻하긴 하겨", 한 마디 슥 건네며 지나가곤 한다. 그럼 또 '나만 좋고 편하면 되지' 하며 훅 넘겨버린다.

진정한 패셔니스타는 유행에 따라가는 사람이 아니라 선도하는 사람이라 했지 아마. 나는 지금 제주의 '런웨이'에서 충분히 즐기고 있는 중이다.

4월 동백꽃에 아파하는 이 없게

나는 역사에 문외한 사람이다. 과거에 일어난 일을 왜 굳이 달달 외워 시험을 치르게 하는 건가, 학창 시절 반감이 들었다. 미래를 이야기할 시간도 모자라는 판에 말이야, 하며 볼멘소리도 했다. 성인이 되어서도 마찬가지였다. 현대사부터 외국의 역사까지 줄줄 외는 사람들을 보며 나는 미래지향적이니까, 생각하며 속으로 비웃었다.

그러다 제주의 역사를 함께 공부하는 모임에 들어갔다. 순전히 아이를 위해서였다. 지금은 흐지부지 끝나서 해체되었지만 6개월간 제주의 역사가 담긴 곳들을 주말마다 방문했다. 제주에 온지 4년 만이었다. 제주의 4.3 사건에 대해 공부하기 위해 4.3평화기념관에 처음 가 보았다. 집에서 차로 20분 거리였다. 화창한 3월, 가는 길에 김밥과 샌드위치를 사서 마치 소풍 가듯 기념관으로 향했다. 잔디밭이 곱게 깔린 곳에서 붉은색 체크무늬 돗자리를 펼쳐 놓고 맛보는 오랜만의 소풍에 아이도 어른들도 들떠 있었다.

식사를 마치고 기념관 안으로 들어갔다. 바깥의 찬란한 빛과는 달리 들어가자마자 어둠 속 동굴이 나타났다.

동굴 속 물 떨어지는 소리가 흩어져 으스스하게 들렸는지 당시 여섯 살의 겁 많던 딸아이가 무섭다며 나가자 했다. 사실 나도 무서웠다. 하지만 우리는 축축한 손을 다시 잡고 한 발 한 발 찬찬히 아래로 내려갔다.

살기 위해 온몸을 웅크리고 좁은 동굴로 들어가야만 했던 그 당시 제주도민들의 상황을 경험하기 위한 장치였다. 그 끝에 거대한 백비(어떤 까닭이 있어 글을 새기지 못한 비석)를 보고 순간 가슴이 턱 막혔다. 아직 정명(正名)되지 못한 역사를 보여주는 비문 없는 비석이 바로 그것이었다. 기념관 내에 있던 안내문을 읽어 내려가며, 반복 재생되는 영상들을 보고 또 보며 제주에 살면서도 역사의 아픔에 나 몰라라 했구나 하는 죄책감이 들었다. 미안하고 부끄러웠다. 하지만 그때 뿐, 또 다시 집으로 돌아오니 언제 그랬냐는 듯 잊혀졌다. 아마 나와는 거리가 먼 이야기라 생각했겠지.

《내가 좋아하는 것들, 제주》에 대해 쓰기로 했을 때, 생각보다 어렵지 않았다. 육지 사람들이 동경해 마지않는 자연의 아름다움 그리고 여유로운 문화에 관한 소재는 차고 넘쳤다. 그러다 무슨 생각이었을까, 4.3 사건에 대해 쓰고 싶었다. 알고 있는 것이 많지는 않지만 이번 기회에 더 알고 싶었다.

아마 같이 글쓰기 모임을 하는 글동무의 친정 엄마가 겪은 이야기를 들은 후부터였던 것 같다. 마치 영화에 나올 법한 이야기였다. 부모 형제를 눈앞에서 잃어버린 친정 엄마에 대한 동무의 글은 보고도 믿기지 않았다. 뉴스에서 나오는 사건들은 나와는 상관없다 생각했는데, 나와 가까운 누군가가 그 피해자라고 하니 머리를 얻어맞은 느낌이었다.

현기영 작가님이 옥살이와 고문을 자처하며 알리고자 썼던 《순이 삼촌》을 읽기 전까지 나는 '순이 삼촌'이 당연히 남자일거라 여겼다. 제주에서 사니 흔하게 보고 듣게 되는 4.3 사건 희생자 유족, 영화 〈지슬〉, 양민학살, 동백꽃의 상징적 의미. 그 낱말 속에 72년 간 함구해야 했던 제주의 삶이 오롯이 담겨 있다는 것을 나는 이 책을 쓰기 전까지는 몰랐다. 아니, 알고 싶지 않았다.

4.3에 대해 조금 더 자세히 알고 싶다고 하니 제주 토

박이 언니가 허영선 시인님의《제주 4.3을 묻는 너에게》를 추천해 주었다. 하루 만에 읽었다. 책은 담담하게 그러나 당시 사건을 적나라하게 이야기해 주었다. 초반에 읽다가 너무 힘들어 그만 읽고 싶었다.

차마 읽기도 힘든 이 일을, 직접 겪은 살아계신 분들과 죽은 자들을 위해서라도 읽어내자 했다. 울다 지쳐 머리가 무겁고 가슴이 답답했지만 마지막 장을 덮으며 나는 이 책을 쓰게 되어 감사했다. 그렇지 않았다면 앞으로도 관심 갖지 않았을 제주의 아픔을 정면으로 마주할 수 있었으니.

언제 그 일이 일어났고, 왜 일어났으며, 어찌 되었는지는 말하지 않으련다. 그것보다 중요한 것은 사람이 겪어서는 안 될 일이 아름다운 제주에서 일어났고 그 일을 겪은 이들이 우리 주위에 아직도 살아있다는 것이다. 그것도 정신적, 육체적 고통 속에서. 난 왜 그들의 삶에 관심을 가지고 이해하고 공감하지 못했을까? 그저 나 살기에 바빠 나도 힘들어 죽겠으니 남 돌볼 겨를이 없었다고 핑계를 대 본다.

하지만 2013년 오멸 감독이 만든 영화 〈지슬〉을 7년이 지난 지금에서야 제대로 보고 죽음의 위기에서도 가족과 주위 사람들을 살피던 제주도 사람들을 만났다. 이 글을 쓰는 내내 목울음을 삼키며 감정적으로 쓰지 말자 다짐했는데 하염없이 눈물이 나니 어쩔 수 없는 노릇이다.

1948년 11월 겨울, 더 추웠을 큰넓궤 동굴에서 50일간 살 부비며 동고동락했던 그들은 지슬(감자)을 나눠먹고 서로를 걱정하며 웃을 거리를 만들었다. 영화 속에서 사랑하는 가족과 마음 속 정인을 잃은 슬픔을 차마 나누지 못하는 그들의 속 깊은 묵묵함에 "제주도분들은 참 무뚝뚝한 거 같아요"라고 말하던 내 방정맞은 입을 원망했다.

매년 4월 3일쯤 동백꽃 문양의 배지를 나누어 주는 등 여러 가지 4.3 관련 기념행사들이 있었다. 그러면 나는 괜히 어디선가 주워들은 이야기를 하며 아는 척했다. 가시리와 북촌리에서 많은 분들이 돌아가셨다는 이야기를 했을 때 내 주위 그 누구도 대꾸하지 않았다.

처음엔 그 이유를 몰랐다. 하지만 글동무 언니의 친정엄마가 겪은 이야기, 그런 엄마의 아픔을 바라보는 딸 앞에서 그 이야기는 과거가 아닌 현재 그리고 미래의 이야기라는 것을 깨달았다. 예전에 그랬대, 하고 끝나버린 것이 아니다. 아직도 누군가에게는 차마 입으로 내어놓지 못한 끔찍한 기억들이 생생하게 살아 있다.

고통은 위로하는 것이 아니라 함께 느끼는 것이라 했다. 4.3 사건에 대해 제대로 알면 제주도 사람들이 왜 처음 보는 이들에게 입을 다물 수밖에 없는지, 속을 먼저 내어 주지 못하는지, 왜 남자가 그토록 귀한지, 제주여자들이 하루하루 힘겹게 살아갈 수밖에 없었는지 해답을 찾을 수도 있을 것이다. 제주의 속살은 그렇게 곪고 아물다 다시 피딱지가 떨어져 진물이 나오며 두껍고 단단하게 변해갔다.

이제는 시골에서 무표정한 제주의 어르신들을 만나면 무섭다며 눈길을 피하기보다 더욱 다정하게 인사드리고 싶다. “살암시민 살아진다” 하며 견뎌내신 삶의 주인공들에게, “삼춘, 안녕하시꽈? 오늘도 폭삭 속았수다

(매우 고생하셨어요)!"라고.

그리고 다시는 잊어버리지 말자고 다짐한다. "역사를 잊은 민족에게 미래는 없다"는 말처럼 또다시 이런 사건의 피해자도 가해자도 나오지 않도록 현재의 나와 미래를 살아갈 이들에게 알려야 한다. 회피와 왜곡이 아닌 진실과 사실을 말해야 한다. 4월의 트라우마로 툭툭 떨어지는 동백꽃을 보고 더 이상 아파하는 이들이 없을 때까지.

대충해도 괜찮아

"이상하네. 이게 왜 이럴까요?"

제주에 와서 구입한 딱 6년차 된(그리하여 6년 전 김장김치도 들어 있는) 김치냉장고가 고장 났다. 갑자기 삐삐 소리를 내며 버저가 울리더니 전면 계기판에 빨간 불이 깜박였다. 서비스센터 예약을 하니 이틀 후 A/S기사가 왔다. 처음에는 흰 양말이었을 법한데 흑갈색으로 변할 만큼 그날 하루 많이도 돌아다니셨는지, 오후 늦게 피곤한 기색이 역력했다. 얼른 믹스 커피 한 잔을 대접하고 그 옆에서 꿔다 놓은 보릿자루처럼 서 있었다.

우리집 냉장고는 요즘 나오는 날렵한 서랍형이 아닌 뚜껑형이라 꽤 묵직하다. 기사가 뒤편의 내부를 보기 위해 바위처럼 큰 몸을 이용하여 힘겹게 당겼다. 순간 오래된 빌라의 누런 장판이 쓱 찢겼다. 아뿔싸, 발끈하는 성격의 남편 얼굴이 역시나 찌푸려졌다. 그러나 그렇게 30분, 1시간이 지나도 원인을 알 수 없었다.

그러고는 답답한지 도리어 우리에게 물어보는 거였다. 뻘쭘하게 서 있던 우리도 난감한 표정을 지어보였다. 이런저런 애를 쓰다 해결책 없이 그냥 가기에는 뭣

했는지 부품 하나를 바꿔봐야 될 것 같다고 했다. 지금은 매장에 없으니 다음에 부품이 들어오면 연락 준다고 했다. 하지만 그로부터 6개월이 지났고 김치냉장고에는 여전히 빨간불이 반짝이고 있다.

처음 겪은 일은 아니다. 제주에 이사와 거실에 스탠드형 에어컨을 설치할 때도 콘크리트 벽에 구멍을 뚫는데 2시간이 넘게 걸렸다. 서울에서는 30분이면 척척 될 일이 이곳에서는 참 힘들고도 어렵게 이루어졌다. 그런 일들이 처음 3~4년 동안은 너무 싫었다. 오시는 기사님들이 미웠다. 사실 속으로 욕도 수없이 했다. 하지만 7년 차인 지금은 달라졌다. 그것도 아주 많이.

가시리는 시골집이라 벌레를 많이 만나게 된다. 인간이 사는 지구에 벌레들이 사는 게 아니라 벌레가 사는 지구에 인간이 껴들어 사는 것이 아닐까 생각될 때도 있다. 남편이 운영하는 에어비앤비에 묵는 손님들과 벌레 친구들이 혹여라도 마주칠까 전전긍긍하다 방역업체와 연간 계약을 했다. 매달 방역하는 직원분이 이 친구들을 이사시킬 약품이 담긴 통을 등에 지고, 마치 영화 속 '고스트버스터즈'처럼 방문한다.

누군가 집에 오면 지인이든 손님이든, 업무를 보러 오는 직원이든 상관없이 친숙하게 다가온다. 서울에서는 직원들이 고객들의 서비스 평가에 좌지우지되니 상냥한 말투와 친절한 행동을 처음부터 가득 안고 현관으로 들어선다. AI처럼 문제를 처리하고, 예약된 다음 집으로 가야 하니 물 한 잔 마실 시간도 없다며 사양한다. 하지만 이곳은 'IT'S JEJU!'

처음 온 집도 결국 세 다리만 건너면 아는 집인 양 편안한 표정으로 대화를 나눈다. 이야기가 길어지면 어느새 카페에서 같이 커피를 마시기도 한다. 고쳐야 할 것이 제대로 안 되면 난감한 표정을 지어보이다 서로 머쓱한 듯 그렇게 가버려도 기분 상해 항의하는 일은 많지 않다(우리만 그랬을 수도 있겠지만). 자신의 실수든 남의 실수든 생각보다 관대했다.

그 일이 엄청난 파국을 일으키는 경우가 아닌 이상은 정정하고 다시 처리하면 될 일이다. 틀리면 안 돼, 고치는 건 자존심 상하는 일이야, 하며 온몸이 경직된 상태였던 나조차도 왠지 긴장을 풀어볼까 싶었다. 하지만 '제 버릇 남 못 준다'더니 잘 바뀌지는 않았다. 그러다 사달이 났다. 어느 날 말로만 듣던 불안증세가 나타났다.

그날은 오전에 글쓰기 멤버들과 모임이 있는 날이었다. 과제를 못 해가서 꽤나 신경이 쓰였다. 긴장하거나 마음이 불편하면 뱃 속 장기들이 매우 느리게 움직이는데 아주 어렸을 적부터 겪었던 일이라 느낌으로 안다. 몇 번 응급실에 간 적도 있다. 대부분의 의사들은 '장이 꼬였다'거나 '가스가 찼다'라고 했다. 엑스레이 속 창자 안에 검은 것들이 잔뜩 보였는데 바로 '똥'이었다. 장의 연동작용으로 내려가야 하는데 천천히 움직이거나 거의 움직이지 않으니 시간이 지나면서 부패되고 가스가 나와서, 뱃속이 부글거리다가 꼭 만삭의 임신부처럼 배가 빵빵하게 부푼다. 그럴 때마다 1시간 동안 링겔을 맞으면 몸이 릴렉스되고 장이 다시 움직이면서 빵빵한 풍선에 천천히 바람이 빠지듯 배가 꺼지곤 했다. '장과 똥'에 대한 서사를 읊으려는 게 아니다. 모임이 끝나고

간 카페에서 일이 터졌다.

갑자기 숨이 잘 안 쉬어지고 답답했다. 혹시나 하고 '호흡 곤란'이라는 단어를 검색했다. 연관 검색어와 함께 김구라, 정형돈 그 외 많은 연예인들이 겪고 있는 불안 증상에 대해 나왔다. 읽다 보니 내 증상과 비슷했다. 갑자기 숨이 더 가빠졌다. 아니, 오히려 과호흡 증상이 나타났다. 뇌가 '불안' 호르몬을 순간 내 온몸에 뿌린 것 같았다. 30분간 어지럽고 메슥거리는 증상이 지속되었다.

집으로 겨우 차를 몰고 돌아왔다. 그날 밤 자려고 누웠는데 잠이 오지 않았다. 원래 머리만 대면 자는 사람이, 밤 9시에 커피를 마셔도 자는 사람이 말이다. 지금 내 몸속에 호르몬이 정상이 아니라는 확신이 들었다. 3개월이 지나 그때를 회상해도 식은땀이 흘렀다. 다시 그 경험을 할까 솔직히 무서웠다. 다행히 그 후 그 정도로 심했던 적은 없지만 긴장을 하거나 스트레스를 받으면 숨 쉬는 것이 불규칙해진다.

삭막한 회사 속에서 온몸의 교감신경이 집중되어 일하다 보면 그 힘에 눌려 퇴근할 때 여기저기 아플 때도 많다. 하지만 이제 조금은 느슨한 듯 마음을 편히 먹고 주위 사람들의 조언도 들어가며, 일명 '휘뚜루마뚜루' 일하려 한다. 아니, 지금 그리 하려 노력 중이다. 최고가 되기 위해 몸도 마음도 혹사시키며 병이 들어가던 나를 돌아보았다. 결과에 집착해서 사람들, 아니 나 자신도 제대로 보지 않던 지난날의 내 모습을 반성했다.

나는 뭐든 일에 정확하고, 확실하고, 딱 맞아떨어지기만을 바라던 스타일이었다. 나같이 앞 뒤 꽉 막힌 사람도 제주에 와 조금은 설렁설렁한 스타일에 길들어지면서 주인과 AS기사가 합심해서 제품을 고치는 결과도 만들어낼 수 있다는 것을 배웠다. 예전에는 제주에서 택배 배송비 다음으로 이런 일들이 불편하다고 지인들에게 침을 튀기며 이야기했다. 그런데 이제는 내가 숨쉬고 살 수 있는 숨구멍이 된 걸 보면, 제주는 결국 나를 살리는 곳이 아닐까?

지천에 자연이 있다는 것

《내가 좋아하는 것들, 제주》를 쓰기로 해놓고, 아뿔싸 잘못된 선택을 한 것은 아닌가 후회했다. 제주에 살고 싶어 오자 한 사람은 내가 아니라 남편이다. 만약 책을 써야 한다면 '제주가 아니면 죽음을 달라'며 만삭의 아내에게 은근히 조르다 결국 이긴 남편이 써야 하는 것이 아닐까?

회사생활 5년 차 한창 승진을 꿈꾸며 인간관계를 관리하던 나에게 서울을 버리고 제주로 온다는 것은 곧 수확할 복숭아나무 가득한 과수원을 버리고 다시 자갈밭을 일구어 귤 씨를 뿌리자는 것과 같았다. 하지만 결국 남편의 바람으로 제주에 왔는데, 6년이 지난 지금은 "네가 더 제주의 삶에 뿌리내린 것 같은 느낌이 든다"라고 그가 말했다. 잘 기억나지는 않지만 아마 될 대로 되라 식으로, 약간은 포기하는 마음이 컸던 것 같다. 당장 손에 잡힌 것이 없으니 도리어 잡힐 것이 많아진 건가?

바람이 아닌 의무감으로 시작한 나와 달리 주위 사람들은 자신만의 방식으로 제주살이를 하고 있었다. 등산 마니아는 철마다 한라산을 오르내리며 코스별로 장단점을 줄줄이 꿰차고 있었다. 주말마다 오름에 가고 싶어 제주에 왔다는 그녀는 아부 오름이나 다랑쉬 오름 같은 이미 흔해빠진 곳은 거들떠도 안 본다. 자신만이 아는 오름을 찜해 놓았다며 마치 비밀요원처럼 조심스레 말했다. 동서남북 바다의 특성에 맞게 투명카약에, 스노쿨링, 스쿠버다이빙, 윈드서핑까지 섭렵한 물개도 있었다. 하지만 내게는 큰 감흥이 없었다. 뭐가 그리 좋을 꼬, 하며 오히려 심드렁하던 나였다.

언젠가는 아이 둘 엄마인데도 겨울마다 한라산 등반을 하러 2박 3일 홀로 여행 오는 친구에게 신기한 듯 물었다. 그이는 내가 제주에 오기 훨씬 전부터 제주에 살고 싶어 몇 번 이주를 시도했지만 번번이 무산됐다.

"대체 제주가 왜 좋아?"

제주를 좋아하는 것들에 대해 글을 쓰고 있는 제주도민 7년차가 묻기에는 조금 황당한 질문이었다. 그의 대답은 간단했다.

"지천에 산이 있고 바다가 있잖아."

순간 머리가 띵했다. 차로 10분이면 이호태우해변에

갈 수 있고, 2분이면 근처 정실마을에 있는 민오름에 오를 수 있다. 아니, 1초면 고개를 들어 한라산의 자태를 볼 수 있다. 제주를 사랑하는 사람들 대부분은 천혜(天惠)에 대한 동경이 컸다. 남편도 서울에서 살 때 콘크리트 건물 속에서 하루 종일 일하다 컨테이너 같은 지하철에서 하루 두 시간을 보내는 것을 끔찍이 싫어했다. 친구와 통화를 끝내며, 머쓱해서 "앞으로는 자연을 더 즐겨야겠다. 괜히 미안해지네."라고 했더니 대수롭지 않게 대답했다.

"사람마다 취향이 다른데 뭐."

맞다. 취향이 다른 거였다. 아이를 데리고 주말마다 산이고 바다고 다니는 엄마들을 보면 내가 나쁜 엄마인가 하는 생각도 들었다. 남들은 부러워 마지않는 이토록 귀한 자연을 눈앞에 놓고도 멀리하는 내가 나태하고 게을러 보여 부끄럽기도 했다. 자연에게, 또 그리 자연을 사랑하는 친구에게도. 가지지 못한 사람이 미치도록 원하는 것을 가진 사람은 별거 아니라며 지나쳐버리는 오만함 같았다. 하지만 사실 내게 자연은 직접 찾아가는 장소가 아니라 그저 함께하는 생활이었다.

2017년 11월, 우리 가족은 유럽으로 한 달 간 배낭여행을 갔다. 우리 부부 둘 다 처음 가보는 유럽인데다 네 살 딸을 데리고 가다 보니 숙소나 대중교통 예약이 쉽지 않았다. 밤마다 다음날 기차표와 이틀 후에 묵을 숙소를 예약하느라 잠도 잘 못 잤다. 호텔 대신 에어비앤비를 주로 이용했는데 새로운 도시에 도착해 체크인을 하고 나면 사흘간 아무것도 하고 싶지 않았다.

파리에서 기차를 타고 독일의 뮌헨에 도착해 렌트카를 어렵사리 구하고, 그 후 일주일간 하이델베르크와 뉘른베르크에 머물다 프라하로 갔다. 꽤 가격이 나갔지만 깔끔하고 세련된 숙소에 들어와 욕조에 뜨거운 물을 받아놓고 씻으니 아무것도 하고 싶지 않았다. 그런데 남편은 프라하의 야경을 봐야 한다며 나가자 했다.

"피곤하니 혼자 갔다 와."

"숙소에만 있을 거면 비싼 비행기 타고 왜 온 거야?"

남편과 실랑이를 벌였다. 결국 그의 바람대로 그날 저녁 프라하 어느 꼭대기에 있던 유명한 성에 갔다. 하지만 이름도 기억나지 않는다. 그러나 나는 유명한 곳에 가서 인증샷을 찍는 것보다 현지인 집에서 그네들이 보는 TV를 보고, 근처 마트에 가서 식재료를 사다 입에 맞지 않는 음식을 먹고 쉬는 것이 더 좋다. 적어도 나에게는 그런 것들이 진정한 여행이다.

이렇듯 여행을 누리는 취향이 다른 것처럼 자연을 대하는 취향도 다른 거다. 그동안 여행을 가서 숙소에만 있는 것에, 설악산 초입에 갔다 도토리묵만 먹고 돌아오는 것에, 자연을 지척에 놔두고 가지 않는 것에 죄책감이 있었던 것 같다. 내 친구나 남편 같은 이들은 자연이든 여행이든 직접 체험하고 부대끼며 행복감을 더 느끼는 이가 아닐까? 나 또한 처음에는 신기하기도 하여 사진도 찍을 겸 관광도 할 겸 용눈이 오름이든 화순 금모래 해변이든 자연을 찾아다녔다.

하지만 회사에 복직하면서 내 눈에 들어오는 것은 그런 어마어마한 풍경보다 언뜻언뜻 스쳐 지나가는 차창 밖 풍경들이었다. 자연을 티 나게 좋아하지 않을 뿐, 그렇다고 싫어하는 건 더더욱 아니다. 엄마 아빠에게 꼭 매일 사랑한다 말하지 않아도 그저 병풍처럼 내 뒤에 든든히 있으니 감사한 것처럼, 자연도 내게는 그런 존재였다고 한다면 어설픈 핑계일까?

대신 아무도 모르는 숲 속이나 이름 없는 바닷가 근처 벤치에 마음을 빼앗겼다. 목적 없이 운전하고 가다가 보이는 숲길에 마음이 열리고 인적 없는 동쪽 바다의 쓸쓸함에 문득 마음이 갔다. 결국 나는 자연을 싫어하는 사람이 아니다. 마지막까지 이리 강조하는 걸 보면 아직도 자연에 대한 부채의식을 못 버린 것은 확실한 듯.

제주 책방의 멋에 취하다

"오늘은 또 어디 가멘?"

"종달리요!"

책상 한 쪽에 현무암 지층처럼 쌓여 있던 서류철을 정리하고 부랴부랴 퇴근 준비를 한다. 4륜구동 SUV의 시동을 켜니 머나먼 여행이라도 떠나는 것 같다. 내비게이션으로 확인하니 차로 60분 거리다. 거기에 10분에서 15분은 추가해야 한다. 10년 무사고의 장롱면허로 살다 제주에 와서 운전을 시작했는데, 매번 집과 회사만 열심히 오가니 아직도 6년째 초보운전이다.

작년부터 제주도에 저자 북토크가 많이 열렸다. Book talk는 말 그대로 '책에 대한 이야기'를 하는 거다. 최소 200명은 수용 가능한 강당에서 열리는 강연회가 그저 일방적인 tell의 그것이라면, talk는 옹기종기 모여 앉아 수다 떠는 느낌이 들었다. 코로나19로 인해 더욱 대규모 강의가 어려워지면서 첫 해에는 한 달에 한 번 정도이던 일정이 다음 해는 최소 한두 번, 많으면 매 주마다 열렸다.

원래 이렇게 많았던 건지, 아니면 다니기 시작하니

눈에 그리 많이 띄는 건지 모르겠지만, 뭐 눈에 뭐만 보인다니 내 눈엔 언제나 북.토.크. 세 글자만 보였다. 책을 빌리러 도서관에 가면 플래카드가 붙어 있고, 인스타그램을 슬슬 훑다 보면 옳다구나 10분 전에 공지된 북토크 현장 참가자 모집이 레이더망에 걸린다.

우선 캘린더를 쓱 훑고는 별다른 일정이 없으면 무조건 신청한다. 그렇지 않으면 10분 안에 마감되는 것이 부지기수다. 유명한 작가님들은 공지 올리기 10분 전부터 스탠바이 해야 한다. 마치 명절 기차표를 예매하는 기분이다. 코로나로 현장 모집 인원은 1/3로 줄어들었다. 예전엔 30명도 모여서 허벅지가 붙을락 말락 다닥다닥 붙어 앉아 옴짝달싹하지 않고 2시간을 보낸 적도 있다. 하지만 이제는 끽해야 10명이 최대 인원이다. 경쟁률은 3배 이상 높아졌지만 만족도는 30배 이상이다.

흰머리 성성한 할머니가 되어 동네 도서관을 운영하는 꿈을 꾸는 내가 격하게 아끼는 곳은 당연 작은 책방들이다. 그중의 갑은 '소심한 책방'이다. 2014년에 문을 열어 이미 유명할 대로 유명해진 꽤 유서 깊은 제주의 작은 책방인데도 거들먹거리거나 유세를 떠는 분위기는 없다. 예전보다 더 낡았지만 손 때 묻어 부드러워진 나무 서가에 다가가면 쿰쿰한 종이 냄새와 갓 나온 신간의 잉크향이 어우러져 오묘한 향기를 뿜어낸다.

옛날 전통 제주 가옥을 그대로 살려 리모델링해 출입문이 매우 낮다. 덕분에 입장할 때 머리를 숙이니 절로 공손해진다. 그곳에 가면 책을 너무나 사랑할 법한, 서점을 마치 자기 집처럼 아껴 주는 사람들이 상주해 있다. 그래서 그 따스함과 편안함이 좋아 올해는 거의 매달 그 낮은 문지방을 잘도 넘나들었다.

물론 제주에는 여기 말고도 주인을 닮아 개성만점인 서점들이 어찌나 많은지, 새로운 곳을 알 때마다 신세계를 경험한 것처럼 설렌다. 아름답기로 유명한 서쪽의 한담해안도로를 따라 가다 보면 고내 포구 근처에 '디어마이블루'에는 20년차 출판 기획편집자였던 대표님이 있다. 우연히 서점에서 소규모로 열린 독립출판 강의를 들으러 갔다가 출판업의 매력에 빠져 궁금한 일이 생길 때마다 귀찮게 하는데, 싫은 내색 하나 없이 꽃처럼 환하게 웃어주시는 고마운 분이다. 이분은 플로리스트(florist)이기도 해서 서점 내부는 세련되고 깔끔하며 다채롭다.

동양의 하와이를 연상시키는 함덕의 일몰 맛집인 '만춘서점'도 갈 때마다 경탄하는 곳이다. 시크해 보이지만 사실 정(情)스러운 사장님에게 운 좋게도 두 번의 더치커피를 얻어먹었다. 그 맛이 여느 유명하다는 카페보다 좋아서 공짜 커피 값 대신 감사한 마음에 책을 사곤 했다.

최근에 들른 '무명서점'은 꽤나 충격적이었다. 고산리의 유명제과 위층에 있는데, 이런 취향을 가진 곳이 또 있을까 싶게 책장 곳곳에 독특한 책들로 가득했다. 책을 구입하면 서점원이 책에 대해 간략하게 차분히 설명해 주시는데, 그분의 책에 대한 사랑에 경외심까지 들었다. 그날 나는 7권의 책을 30분 만에 구입하는 '책싹쓸이' 기록을 갱신했다.

다시 북토크 이야기로 돌아가자면 '소심한 책방'은

작가님 한 분과 독자 10명만 있어도 자리가 가득 찬다. 처음 그곳에 갔을 때 내 무릎 바로 맞은편에 작가님의 무릎이 닿을 만한 거리라 얼마나 떨었는지 모른다. 사람들과 이야기할 때 눈을 잘 못 마주치는 소심한 성격임에도 불구하고 작가의 입이 열리기 시작하면 눈 뗄 새 없이 이야기에 집중했다. 그리하여 초등학교 1학년이 된 것 마냥 고개를 끄덕이며 웃음 짓고, 감성적인 시구에 눈시울을 붉혔다.

최근 《아무튼, 메모》의 정혜윤 작가님 북토크 때는 두 눈에 눈물이 한가득 고여 뿌연 시야로 2시간 동안 작가님을 바라보았다. 오히려 마스크가 고마워질 정도였다. 작가님들도 가끔 육지와는 다른 분위기의 작은 책방에 처음에는 어리둥절하시는 것 같았다. 너무나 가까운 거리에서 20개의 눈이 뚫어지게 자기를 바라보니(그것도 마스크로 입은 가린 상태로) 그 기운에 압도당할 수도 있을 꺼다. 하지만 금방 도란도란 이야기를 나누듯 우리는 하나가 되어간다. 그 시간이 너무나 따뜻하고 소중해서 사인을 받고 나서도 쉽사리 자리를 떠나지 못 하고 책방을 서성이곤 했다.

누군가는 좋아하는 작가의 북토크만 가면 되지, 뭐 그리 이곳저곳 다 가냐고 핀잔을 주기도 한다. 솔직히 부끄러웠다. 찐 팬도 아니고, 어떨 때는 책도 못 읽은 내가 유명하다는 작가님들의 북토크에 참석하는 모습이 누군가에게는 우스꽝스런 행동으로 보일 수도 있겠다는 생각이 들었다. 작가님을 좋아하는 건지, 책을 좋아하는 건지, 아니면 책방 주인장님들을 애정한 건지 나도 헷갈릴 정도다. 도대체 왜 그랬을까?

돌이켜 생각해 보니 작년에 병원에서 진단을 받고, 올해 불안 증세를 겪고, 몸과 마음이 너덜너덜해져 있었다. 어느 것이라도 집중하지 않으면 무너져버릴 것 같았다. 그러다 우연히 알게 되어 자연스레 탐닉하게 된 것이 북토크였다. 북토크 죽순이가 되어 동에 번쩍, 서에 번쩍 신출귀몰했다. 살기 위해 갔다. 힘들 때는 더 찾아갔다. 가서 보니 나보다 더 힘들었던 작가님들을 만났고, 위안을 얻고, 기운을 받고 돌아왔다.

"행복한 사람은 글을 쓰지 않는다"라는 말이 와 닿았

다. 제주라는 고립된 세상에서, 비행기를 타고 온 육지 손님은 매번 신기하고 궁금한 존재였다. 비록 책을 읽어보지도 않고, 이름도 처음 들었지만, 처음 만난 그날 작가님에게 빠져 인생에서 사랑해야 할 명단에 이름을 올리게 된다. '해당화 피고 지는 섬마을에 철새 따라 찾아온 총각 선생님'처럼 제주에 오는 모든 작가님들은 그렇게 섬녀 마음속에 이름을 새기고 가셨다. 그들의 신간을 포함한 지난 과거의 책들과 함께.

싸우는 거 아니에요

나는 말이 없다. 아니, 말하는 것 자체를 싫어한다. 폐에서 배출되는 공기가 성문을 지나 성대를 통과시키기 위해서는 우선 뇌가 생각을 해야 하는데, 그 과정과 시간이 남들보다 한참은 복잡하고도 길었다. 한 음절, 한 단어, 한 문장을 바깥으로 내 놓는 것이 내게는 심히 버거운 일이었으니 목석(木石)이라는 별명도 당연지사. 우연인지 필연인지 나목석(裸木石)이라는 필명도 얻었다.

어릴 때는 말이 많았다고 한다. 끊임없이 옆에서 조잘대서 '촉새'같다는 말을 엄마에게 자주 들었던 기억이 난다. 그런 촉새가 왜 목석이 되었을까? 그저 하고 싶은 말을 하는 것보다 조용히 있는 것이 내게 더 편했을 뿐이다.

제주에 와서 가장 적응하기 힘들었던 것은 무엇일까? 그것은 1시간 전후가 다른 도깨비 같은 날씨나, 관광지라 어쩔 수 없이 높은 물가도 아닌, 바로 '말하기'였다. 말 주변 없는 나란 사람은 그저 듣는 것이 최선의 선택이었다. 하지만 선택의 결과는 그리 좋지 않았다. 서울에서는 듣기만 해도 사람들이 좋아했다. 아니, 나

같은 사람들이 더 많았다. 자신의 생각을 말하지 않는 사람, 특히 회사에서는 상사들의 의견에 토 달지 않고 순응하는 사람을 더 인정해주는 분위기였다. 그래서 나도 '이건 진짜 아니다' 싶을 때도 입을 꾹 다물었다. 마음속으로는 '그건 아니자나!'를 외치면서도. 그러다 보니 본의 아니게 과묵한 사람, 진중한 사람, 포용력 있는 사람으로 불렸다.

하지만 제주에 오니 더 이상 입을 다물고 있을 수만은 없었다. 처음 몇 해는 육짓물이 채 가시지 않았기에 예전처럼 잠자코 듣고만 있었다. 그런데 생경한 광경을 자주 목도했다. 바로 상사의 의견이 본인의 생각과 다를 때 가감 없이 이야기하는 모습이었다. 평소에 시시덕거리며 장난치던 동료끼리도 일에 대한 견해가 다르면 정색하고 반박했다. 그러다 논쟁이 짙어져 목소리가 커질 때도 있었다. 아니 자주 있었다. 그런 갈등이 싫어 더욱 입을 다물었다. 하지만 그런 상황들은 번번이 일어났고 처음에는 정신적, 육체적으로 힘들었다. 가끔 전화통화를 하던 남편이 묻곤 했다.

"사람들 싸워?"

"아니, 이야기 중."

"아……."

솔직히 힘들지 않았다고 하면 거짓말이다. 하지만 당시에 나는 토론(!) 문화에 익숙하지 않아 그런 것뿐이다. 하브루타식 토론 교육으로 유명한 유대인들은 시장통 저리 가라 큰 소리로 토론, 아니 논쟁을 한다. 유대인들이 노벨상 수상자의 20% 이상을 차지하는 이유 중 하나가 바로 자유롭게 자신의 의견을 말하고 상대방의 의견에도 귀 기울이며 서로의 의견을 나누는 하브루타 교육 때문이라 하지 않았나.

그런데 정말 놀랍게도 제주에는 아주 사소한 질문 하나에도 함께 생각을 나누고 경험을 공유하는 문화가 있었다. 그런 문화를 5년 이상 경험하니 이제는 목석인 나조차도 점점 의견을 내고 싶어졌다. 이곳에서는 붕당붕당(불만스러워 투덜대는 모습의 제주어) 하다가도 앵돌아지거나 핏작허지(토라지다의 제주어) 않았다. 그저 자신의 의견을 내어 놓고 수정하고 저마다의 결론을 내리곤 했다.

예를 들면 "요즘 전복밥 잘하는 데 알멘?" 하면 다들 한 마디씩 거든다. 본인이 가 본 곳, 다른 이에게 들은 곳을 이야기하다 갑자기 휴대전화로 검색을 하기도 한다. 이런 곳이 있었나 싶을 만큼 다양한 장소들을 내놓고도 결국 최고의 맛집이라는 최후의 결론은 내지 않는다. 마치 《탈무드》에 한 가지 질문에 다양한 해답은 있지만 하나의 정답은 없는 것처럼. 질문을 한 사람은 그 많은 대안들 중에서 자신의 것을 고르면 되고, 이것을 공유한 이들은 덕분에 전복밥집에 대한 다양한 정보를 얻게 된 것이다. 일거양득이다.

물론 언쟁이 오가다 보면 살얼음판을 걷는 기분이 들 때도 있다. 이건 정말 아닌데 상대방이 계속 우기면 기분이 상할 때도 있다. 하지만 옳고 그름의 결론이 내려졌을 때 패한 사람은 아주 깔끔하게 인정하는 모습도 볼 수 있다. "게메이(그러게라는 제주어)" 하면 게임은 끝난 거다. 자리를 툭툭 털고 쿨 하게 헤어지면 된다.

이 얼마나 쿨내 진동하는 토론의 시작과 끝인가. 마

치 파리의 노상카페에서 무언가를 심각하게 이야기하는 광경을 보는 것 같다. 특이한 건 한 명이 이야기하고 한 명이 듣는 것이 아니라 둘이 같이 입술과 성대를 움직이고 있다는 것. 여기는 파리인가? 제주인가?

누군가는 제주 사람들이 이렇게 입바른 소리를 잘 할 수 있는 것은, 예로부터 한양에서 왕에게 상소문을 올리며 옳은 말을 하다 귀향 온 이들의 후예라 그렇다고 했다. 꽤 신빙성 있음직한 이야기다. 그 얘길 듣고는 괜히 더 멋져 보였으니 나는 제주도 팔불출임에 틀림없다.

지금은 나도 같이 싸운다. 아니, 같이 토론한다. 요즘엔 내가 이길 때도 있다. 처음부터 그리한 것은 아니지만, 의뭉스럽게 듣고만 있는 것보다 다른 생각이라도 이야기하는 자만이 함께 라는 느낌을 더 갖는다는 것을 알았다. 말해야 한다. 함께 가려면 말이다.

물론 말을 아낄 때보다는 말실수가 많아졌다. '아까 그 말은 하지 말았어야 하는데…….' 하며 뱉어놓고 후회하더라도 이제는 하고 본다. 생각에서 나온 말은 진심(塵心)이지만 마음에서 나온 말은 본심(本心)이다.

내어놓지 않으면 속에 쌓이고 묵혀져 왜곡되어질 것들도, 밖으로 뿜다 보니 깎이고 다듬어져 점점 빛이 났다.

은유 작가의 《싸울 때마다 투명해진다》는 말이 딱 맞았다. 연애 17년차, 결혼 11년차인 남편과도 제주에 오기 전에 싸운 횟수보다 최근 1년간 싸운 일이 더 많다. 고분고분했던 막내딸은 친정 엄마와도 싸우고, 자애롭게만 대해야 한다 생각하던 딸과도 싸운다. 부러 싸우려고 노력할 때도 있다.

그동안 말하지 않고 목석처럼 살았던 내게 제주는 싸우는 게 사는 거라고, 자신의 삶을 이야기하는 방법이라고 알려주고 있는 중이다. 며칠 전에는 사무실에서 직원들과 업무에 대한 이야기를 하는데 누군가 사무실 문을 빼꼼이 열고는 말했다.

"혹시 싸우시는 거 아니죠?"

"아니요, 이야기하는 거예요. 하하하!"

나는 흐뭇하게 씨익 웃으며 말했다. 아주 열정적으로다가.

귤에 대처하는 우리의 자세

"엄마, 귤 보냈어요."

제주도에 산다는 이유만으로 겨울마다 육지로 귤을 보냈다. 육적회귤(陸積懷橘)을 떠올리며 처음 몇 년간 꼬박꼬박 맛좋다는 것으로 골라 보냈는데 돌아오는 대답은 "너무 시다", "단맛이 없다", "마트 귤보다 못하다" 등의 불평 뿐이었다. 그럼 그냥 거기서 사드시라 해도 12월 중순 조생귤이 나올 때쯤이면 다시 진상에 대한 은근한 압박이 찾아온다. 조선시대 제주에 기근이 들어 진상품을 미루되 감귤은 꼭 진상하라 했다던데, 옛날이고 지금이고 제주 감귤은 그 인기가 식을 줄 모르는구나.

하지만 막상 제주에서 겨울에 "귤 좀 줄까?"라는 말은 그리 환영받지 못한다. 첫 해 제주에 왔을 때는 그 말이 이해되지 않았다. 귀족이나 먹을 수 있다던 그 귤을 준다고 하면 고마운 마음에 서쪽이든 남쪽이든 달려가 받아왔다. 하지만 2년, 4년이 지나니 이제는 그 말을 점점 이해하게 된다. 7년 차 제주도민의 집에는 12월부터 2월까지 귤이 떨어지지 않고 노란색 컨테이너에 담겨 있다. 회사에도 직원들이 가져온 꼬다마(아주 작은 귤)부터 한라봉 파찌(비상품)까지 어딜 가도 Orange 천지다.

요즘은 재래품종 개발로 1년 내내 종류와 재배 방식이 다양한 귤들이 판매되고 있다. 레드향, 천혜향, 황금향, 극조생귤, 조생귤, 노지감귤, 타이벡감귤, 하우스감귤, 성전귤(보석귤) 등 이름만큼 개성도 제각각이다. 개인적으로는 노지조생귤을 선호한다. 신맛과 단맛을 적절히 조화롭게 즐길 수 있는데 갓 딴 노지귤은 신맛이 강해서 반드시 며칠 맛들인 뒤 먹어야 단맛이 올라온다.

귤을 먹는 방법에 따라 도민인지 아닌지 알 수 있는 팁이 있다. 몇 번의 실험 끝에 꽤 그럴 듯한 분별법이라는 결론이 났는데, 바로 귤을 까는 방법이다. 껍질을 다 까고 과육을 먹는 육지 사람들과 달리 제주 토박이들은 껍질째 반으로 자른 다음 과육을 먹었다. 그 이유는 귤을 속아내는 작업을 하다가 목이 마르거나 맛있는 귤이 있으면 목장갑 낀 손으로 귤을 까먹어서 그렇다는 이도 있었고, 힘들고 어려운 시절 나누어먹는 문화 때문이라는 이야기도 있었다. 우스운 이야기 같지만 초반에는 제주도 토박이처럼 보이고 싶어 부러 귤을 반으로 까먹은 적도 있다.

또 제주 토박이처럼 보이려고 제주어를 열심히 공부하기도 했다. 많이 쓰는 제주어를 해석과 함께 찾아 A4 용지에 출력해 냉장고 문에 붙여놓고 오며가며 따라한 적도 있다. 질문형 종결 어미에 '~ㅂ니까' 대신 '~수꽝'을 연습하기도 했다. 하지만 아무리 그리해 봤자 제주 토박이의 눈에는 딱 보인다는 것을 나중에서야 알았다. 도민 7년차가 된 나도 이주해온 이들과 몇 마디 나누어 보면 이주한지 얼마나 됐을지 대충 감이 올 정도니 말이다.

뼛속까지 제주도 사람이 되고 싶어 안달하던 마음은 이제 많이 사그라졌다. 그런데 내가 제주에 사는 것 자체를 부러워하는 이들이 많다. 실상을 따져 보면 그리 큰 차이가 없을 텐데 말이다. 특히 나처럼 회사에 다니는 사람들은 월요일부터 금요일까지 여느 사람들이나 마찬가지로 다람쥐 쳇바퀴 도는 일상을 보내고 있다. 물론 체력이 점점 고갈되어 정신력이 약해질 때는 제주에 왔으니 나도 한량처럼 여유롭게 살아야지, 하는 생각도 한다. 하지만 결국 내가 할 수 있는 선에서 제주스럽게 살기로 했다.

최근 읽은 박진희의 《누구의 삶도 틀리지 않았다》에서 전로사 님의 이야기는 특히 공감이 되었다. "안정을 포기하지 않고 꿈꾸는 삶을 산다"는 그녀의 삶이 나와 같았기 때문이다. 이렇다 할 재주도 없거니와 돈도 충분치 않았다. 그냥 하루하루 내가 할 수 있는 선에서 제주를 즐겨보기로 했다. 좋아하는 그림을 그리고, 마크라메를 하고, 우쿠렐레를 연주하며 자연에서 시간을 보내는 사람들이 부럽지 않다는 건 거짓말이다.

나도 평일에 관광객처럼 오름에도 오르고, 유명 카페를 돌아다니고 싶었다. 그러다 나의 취미를 업으로 해서 사부작사부작 돈도 벌고 싶었다. 조금 벌고 조금 쓰면 된다고 옆에서 달콤한 유혹을 했다. 하지만 결정적으로 나는 똥손으로 태어났다.

제주도에는 세 종류의 사람들이 있다. 이곳에서 나고 자란 제주 토박이, 나와 같은 이주자, 그리고 잠시 관광하러 온 육지 사람이다. 마치 한 바구니에 감귤과 풋귤과 청귤이 뒤섞여 있는 것처럼 옹기종기 함께 모여 있다. 같은 것인 줄 알고 있는 청귤은 풋귤과 달리 아예 다른 재래종이고, 풋귤이 익으면 감귤이 된다.

시간이 지나면 풋귤이 감귤이 되듯 나 또한 나이가 들면 제주 토박이가 될 수 있지 않을까 기대한 적도 있다. 풋귤과 청귤이 다르듯 육지 사람과 나는 다르다는 부끄러운 마음도 가졌다. 하지만 우리 모두 제주를 좋아하고 아끼는 마음은 같을 텐데 굳이 품종을 나누어서 무엇 하랴? 누가 더 티를 내고 찾아다니고 즐기느냐 하는 정도의 차이일 뿐이다.

우리보다 제주도를 더 사랑해 한 달에 한 번은 꼭 여행 오는 이를 보며, SNS로 제주에 살아 부럽다는 이야기를 수없이 들으며, 그래도 내가 지금 제주에 있어서 감사하다는 마음을 먹는다. 비록 지금은 많은 것들을 누리면서 지내지는 못하지만, 부지런히 차근차근 내 곁에 있는 것들에 눈인사를 하려고 한다. 언젠가 찐하게 사랑하고 예뻐해 줄 것이라 다짐하면서 말이다. 어우렁더우렁이리 함께 부대끼며 살아가련다.

하와이에 갈 필요 없어요

2011년 10월, 아빠를 폐암으로 보내드렸다. 아빠는 평생 내게 화를 내지 않으셨다. 욕을 하거나 매를 든 적도 없으셨는데 최근에야 그 사실을 깨달았다. 부모가 되면 그것이 얼마나 힘든 일인지 딸을 키우며 알았다. 순간 욱하는 일이 다반사인 육아와, 그저 가슴 답답해지는 집안일, 쓸개를 내놓고 다녀야 한다는 회사생활에 치여 하루하루 지내다 보니 어느 날은 아빠도 나처럼 혼자 화를 삭이신 건 아닐까 궁금해졌다.

부전여전(父傳女傳)이라고 아빠는 폐에 나는 가슴쪽에 나쁜 혹이 생겼다. 억울하고 속상해도 담담하게 웃어 넘겨야 하니 가슴에 화는 쌓이고 상부에 혈이 막혀 순환이 안 되다 점점 겉도 속도 굳어버린 거다.

58세 아빠가 폐암 말기 판정을 받던 그해 여름, 31살의 나도 왼쪽 가슴에 지름 3.5cm의 탁구공만한 혹이 생겨 수술을 받았다. 당시에는 조직검사 결과 양성 종양은 아니었고 섬유선종이라는 물혹이었다. 그래도 혹시나 하여 유방암 전문의의 추천으로 제거 수술을 받았다.

수술한지 일주일 뒤 겨드랑이에 끼워 놓은 거즈 뭉

치를 제거하기도 전에 아빠는 세상을 떠나셨다. 아직 상처도 아물지 않은 가슴을 안고 강릉의 허름한 병원 지하 장례식장에서 검은 상복을 입었다. 그리 좋지 않은 재질의 까끌까끌한 저고리가, 장례식에 온 손님들에게 절을 할 때마다 찌릿한 아픔을 주었다. 그 아픔이 백여 번이 넘어서야 조금은 무감해졌다.

방사선 치료와 약물치료를 병행하던 아빠의 병간호는 엄마가 주로 맡았지만 나 또한 주중에는 야근을 하고 토요일 아침 강릉으로 내려갔다. 서울 고속버스터미널에서 버스를 타고 내려갔다 일요일 막차로 돌아오는 생활을 4개월간 했다. 혹시나 돌아가시더라도 나중에 후회하지 않을 만큼 최선을 다하고 싶었다. 아마 마지막이라는 것을 육감적으로 알고 있던 거겠지.

버스를 타고 다니는 왕복 7시간 동안 암에 관련된 책을 닥치는 대로 사서 읽었다. 제목이 기억나지는 않지만 어떤 일본인이 쓴 책에서 암에 걸린 사람들이 모여 하와이 여행을 간 것이 인상에 남았다. 하와이에서 먹고 놀고 웃으며 떠들다 보니 어떤 이들은 암이 감쪽같이 나왔다는 이야기였다. 혹여 나도 암에 걸리면 꼭 하와이에 갈 거라고 마음속으로 다짐했다.

그런데 정말 내 가슴에 혹이 생겼다. 제거 수술을 한 지 9년 만에 꼭 같은 자리에 다시 말이다. 이번엔 그때보다 조금은 나쁜 놈이었다. 하지만 처음 겪는 일이 아니어서인지, 아니면 예견한 일이라 그랬는지 그리 크게 동요하지 않았다. 오히려 주위 사람들이 많이 놀라고 슬퍼했다.

아직 죽지 않았는데 마치 죽은 사람이 된 것 같은 느낌이 들었다. 다 드라마 때문이다. 일일 드라마에 나오는 비련의 여자 주인공들은 어디선가 픽 쓰러져 병원에 가면 꼭 의사 선생님이 시한부 말기 암이라고 한다. 그 말을 듣는 여자 주인공의 놀란 얼굴을 뒤로 하고 드라마는 끝나는데, 꼭 그런 날은 금요일이다. 드라마 같은 일이 내게도 생겼다. 그러나 현실은 달랐다.

"혹의 모양이 그다 좋지 않네요."

의사 선생님의 말을 듣고 병원에서 나서던 2019년 6월의 그 날을 평생 잊지 못 한다. 순간 올라왔던 열과 함께 식은땀이 서늘한 제주 바람에 씻겨 내려가는 듯했다. 평소같이 푸른 하늘에 유유히 떠 있던 구름들 그리고 녹색 빛이 유독 찬란하던 나뭇잎들을 보며 그 순간 살아있다는 것에 감사함을 느꼈다. 39살 눈앞에 펼쳐진 6월의 초여름은 참 아름다웠다.

모든 걸 그만두고 전 재산으로 하와이에 갈까 생각했다. 그런데 정말 현실적인 문제가 다가왔다. 제주에 와서 집 두 채를 대출로 끼고 살다 보니 대출 빚이 꽤 많았다. 대출 때문에 못 죽을 것 같았다. 우습지만, 아니 믿어지지 않겠지만 진심이었다. 하고 싶은 일이 아직 많아서라거나 사랑하는 사람들이 곁에 있어서가 아니라 대출 빚이 나의 생명의 원동력이라니. 회사를 그만두지 않고도 치료할 수 있는 방법을 모색했다.

다행히 혹이란 놈은(아니 '분'은) 나만큼 움직이는 걸 싫어하는지 활동적이지 않고 제자리를 지키는 성격을 가졌다고, 서울의 유명한 의사 선생님이 검사결과를 알려주셨다. 그래서 이 분의 심기를 최대한 건드리지 않으며 조심스레 내 몸에서 방 빼시기를 바랐다. 안 빼고 버틴다

해서 부동산 명도소송을 하고 강제집행까지 하면 더 화를 내며 뭔 짓을 할지도 모를 것 같았기에.

그 후로 꿈에 그리던 하와이는 못 갔지만 대신 하와이를 꼭 닮았다는 제주에서 치유의 삶을 살기로 했다. 음식부터 운동 그리고 가장 중요한 마음까지 내 인생의 전면적 개편을 시도했다. 힐링 푸드라며 밤마다 야근 후 1일 1라면 하던 것을 멈추고, 현미밥 채식과 함께 간헐적 단식 중 하나인 1일 1식을 시작했다.

운동은 나의 적이라며 누워 있지 왜 서 있냐고 비웃던 숨쉬기 운동 전문가는 요가를 배우며 나를 살리는 숨을 쉬기 시작했다. 그중 가장 크게 변한 건 될 대로 되라는 마음이었다. 남한테 잘 보이고 싶고 칭찬받고 싶어 그저 잘하려고 전전긍긍했던 마음들을 버리고 오롯이 '내가 좋아하는 것들'에 집중하기로 했다. 싫은 건 싫다, 좋은 건 좋다 말할 수 있는 사람이 된 거다.

올해 여름에는 함덕 바닷가에서 처음으로 캠핑을 하며 해수욕을 했다. 캠핑이라고 해 봤자 3만 원대의 저렴한 국민 그늘막 텐트에 사발면을 먹는 게 전부지만 말이다. 수영을 하다 추워서 텐트로 와서 매운 라면으로 몸을 녹였다. 그리고 해가 지는 것을 바라보았다. 너무 아름다워 눈이 시렸다.

반대편에는 엄마의 품처럼 넓디넓은 함덕 서우봉이 보였다. 비록 가 본 적은 없지만 신혼여행을 하와이로 다녀온 지인이 하와이보다 더 아름답다고 해 인터넷에서 검색해 본 적이 있었다. 그중에서 하와이의 빅 아일랜드인 코나섬의 하푸나 비치를 보는데 웬걸 정말 함덕 해변 같았다. 아니, 솔직히 함덕보다 못했다.

그 후로 더욱 제주는 내게 하와이보다 더 아름다운 섬으로 일단락 지어졌다. 진단을 받은 당시 제주가 아닌 곳에 살았다면 어땠을까? 지금과는 다른 선택을 했을까? 나는 지금 제주에 살고 있고 살아 있다.

버킷리스트? 제주리스트!

버킷 리스트의 유래인 'kick the bucket'은 '죽다'라는 뜻이다. 양동이를 밟고 올라가 목을 매단 뒤 양동이를 발로 차는 것을 의미하는데, 죽음을 전제 조건으로 만든 리스트이니 만큼 진정 자신이 원하는 것들로 채우는 것 같다.

SNS가 성행하면서 '좋아요'와 댓글의 수에 좌지우지되다 보니 타인의 취향을 위해 글을 쓰고 사진을 올리는 요즘 우리들에게 버킷리스트를 작성해 보는 건 꼭 필요한 작업인 듯하다. 1년 뒤에 죽는다면, 아니 극단적으로 한 달 뒤에 죽는다면 우리의 꿈이 단지 10억을 벌거나 5킬로그램 감량은 아니겠지. 사실 나 또한 제대로 된 버킷 리스트를 만든 적은 없다.

대부분의 사람들에게 죽음은 생각해 본 적도, 아니 생각하기도 싫은 것 중에 하나일 것이다. 엄마는 죽음의 '죽' 자만 들어도 죽상이 되실 정도로 죽음에 대한 두려움이 크다. 친오빠를 위암으로, 남편을 폐암으로 간병에서 임종까지 지켜본 사람이니 당연한 일이다. 나는 아직 누군가의 숨이 끊어지는 것을 실제로 본 적이 없기에(서울에 살 때는 강릉에 계신 아빠의 임종을 결국 보지 못했다.) 죽음과 맞닿을 때의 두려움과 공포의 순간을 그만큼 느끼지 못했을 수도 있겠다.

하지만 나는 초등학교 시절부터 언제나 죽음을 생각하고 고민하던 조숙하고 복잡한 아이였다. 내가 이상한 사람인 건가 속으로 생각한 적이 많았다. 그런데 최근 문지애 아나운서의 남편인 전종환 님이 유튜브 채널 애TV에 나와서 언뜻 '죽음 매니아'라는 말을 하는 것을 듣고 마음이 놓였다. 나만 그런 게 아니었구나, 하는 안심이랄까?

영화 〈편지〉(박신양, 최진실 주연)에 나온 유명한 시 '즐거운 편지'를 쓰신 황동규 시인도 '죽음은 삶의 앞쪽'이라고 말씀하셨다고 한다. 영화에서뿐 아니라 60여 년 동안 시업을 이어온 노시인의 말처럼 즐거움과 죽음 그리고 인생은 따로 떨어진 게 아닌 듯하다. 사실 나 또한 부정적이지도 긍정적이지도 않은 수용의 자세로 죽음을 대했다.

결국 제주에 와서, 단 한 글자로도 사람들 머릿속에

죽음의 이미지로 가득 채워줄 수 있는 그분이 내게 오면서 죽음과 관련된 경험을 더 깊이 하게 되었다. 그가 내게 찾아온 것인지 내가 그를 초대한 것인지는 모르겠으나 정신이 퍼뜩 들었다.

그동안 인간은 언제나 죽는다며 초연한 척했는데, 평소 빼빼 놀다가 내일 시험인 사람인 마냥 조급해졌다. 발등에 불이 떨어진 것이다. 그동안 내가 원하는 미래의 삶을 가득 채워놓은 사진과 그림들을 보물지도이자 꿈 지도라며 냉장고에 붙여 놓은 걸 다시 보았다. 잘못 돼도 한참 잘못되었다는 것을 깨달았다. 모두 내가 원하는 것이 아닌 남이 원하는 것들이 허다했다.

조용히 내 마음 안으로 들어가 보기로 했다. 당장 내일 죽는다면, 난 무엇을 하다 죽을 때 행복할까? 한창 20대 때 못 먹는 술을 마시며 위안을 얻고 살았을 때는 회에 소주를 마시며 죽고 싶다는 농담 같은 진담을 했다. 이제는 술이라는 친구는 이미 멀어진지 오래. 하루 4시간만 일하며 돈을 벌 수 있다는 외국의 유명한 이의 책을 읽고는 돈의 파이프라인을 만들어야 한다며, 이것저것 할 수 있는 것을 시도해 보았다.

하지만 내가 원하는 것이 아닌 일들은 신기하게도 하면 할수록 하기 싫어진다. 자신감은커녕 자괴감에 빠지며 결국은 더 깊은 우울감에 사로잡혀 버리는 것이 결말. 분명 이것만 이루면 행복해질 줄 알았는데 이루어 놓고 보니 허무했다. 고교 비평준화 시절 고등학교 입학시험만 합격하면 다 끝날 줄 알았던 고등학교 시절은 가난하고 불운한 가정생활로 얼룩져 있었고 수능시험만 보면 오색영롱한 대학시절을 보낼 줄 알았지만 웬걸 아르바이트를 두세 탕은 뛰어야 다음 학기 등록금을 낼 수 있었다.

노량진에서 피똥을 싸며 2년 동안 공부해 얻은 공무원 시험 합격은 영광스런 치질과 함께 왔다. 이 산을 넘으면 다음 산이 또 보이는데, 어찌나 봉우리는 많기도 한지. 산전수전 공중전을 저마다 경험한 사람들끼리 모여, 우리는 언제 쉴 수 있을까 라는 말에 "죽어서"라는 말을 의미 없지만 비장하게 했다.

최근에는 배우 강말금의 찐한 부산 사투리가 매력적

인 〈찬실이는 복도 많지〉란 영화를 보며 마흔 살 찬실이의 고군분투하는 삶에 울고 또 웃었다. 삶의 전부였던 영화를 할 수 없는 상황에서 '진짜 자신을 깊이깊이 생각하게' 된 그녀는 마치 나 같고 또 우리 같았다. 자신이 원하는 것이 무엇인지 몰랐던 찬실이는 당시 운명처럼 다가온 다섯 살 연하의 남자와의 로맨스를 꿈꾸며 용기 내어 고백했지만 결론은 '누나'로 남게 되었다.

그런 그녀에게 "정말 원하는 게 뭔지 알아야 행복해진다"고 영화에서는 계속해서 말한다. 그리고 영화 마지막에 그녀는 본인이 "믿고 싶은 거, 하고 싶은 거, 보고 싶은 거"를 위해 기도하고 결국 해 낸다.

제주에서 만든 버킷 리스트의 첫 번째는 글쓰기였다. 지금 내겐 글이 고단한 삶의 치유제가 된 것은 확실하다. 어눌한 말 대신 그나마 편안한 글로 내 마음을 표현할 수 있었기 때문이다. 병원에서 암 진단을 받은 지 정확히 3일 째 되는 날, 존경하는 김재용 작가님의 신간 《오드리 헵번이 하는 말》 북토크가 제주 탑동의 한 카페에서 열렸다.

아무렇지 않게 사람들을 만날 수 있을까 두려웠다. "괜찮아?"라는 말을 들으면 바로 눈물이 날 것 같았다. 하지만 다행히 평소처럼 웃고 떠들며 지인들과 인사하고 북토크에 참석했다.

그날 우연히도 작가님은 꿈을 적는 종이를 한 장씩 건네 주셨다. 그러고는 다 쓴 사람은 발표를 하라고 하셨는데 그 말이 끝나기 무섭게 번쩍 손을 들었다. 내가 쓴 조금은 허황된, 그러나 진심어린 꿈을 많은 이들에게 공표하고 싶었던 것 같다.

"한국인 최초 노벨문학상 수상자가 되고 싶습니다."

사람들은 순간 웃음을 터트렸고, 난 그 웃음이 진심으로 좋았다. 그 웃음이 폭소였건 혹은 실소였건 나를 더욱 자극했다. 그날의 사건이 평생 내가 글을 쓸 수 있는 원동력이 될 것을 예감했기 때문이다.

그 후로 버킷리스트는 구체화되어 갔다. 그 중의 하나가 내 이름 석 자가 적힌 나만의 책을 내는 것이었다. 그런데 우연히도 북토크에 함께 오신 스토리닷 출판사 대표님에게 러브콜을 받았다. 그리하여 '내가 좋아하는 것들' 시리즈 중 '제주'를 맡아 쓰고 있으니 이것이 꿈인지 생시인지 싶다.

요즘도 처음 만나는 이에게 우스갯소리로 노벨문학상을 목표로 한다며 너스레를 떨곤 하는데, 이제야 내가 진심으로 원하는 것을 정한 것 같다는 생각이 든다. 남들이 (비)웃어도 꾸준히 할 수 있는 진짜 버킷 리스트를 하나씩 만들고 또 그것을 이루어 가고 있는 중이니, 제주는 정말 꿈을 이루어 주는 환상의 섬이자 신비의 섬인건가?!

인생 일장춘몽이라 하지만 결국 우리가 인생에서 가장 많이 후회하는 것은 살면서 한 일들이 아니라 하지 않은 일들이라 하니, 한 번 내 마음대로 제멋대로 살아볼 심산이다.

It's Show Time!

"세상에 종말이 온다면, 먹고 싶은 음식은?"

"음……, 떡볶이?! 그럼, 넌?"

"난 무조건 회지!"

제주에 올 때마다 자주 가던 곳은 성산 일출봉도 한라산도 용눈이 오름도 아닌, 광치기 해변이었다. 웅장한 일출봉을 배경으로 한두 마리 말이 유유히 해변을 걸어 다니는 풍경은 한 폭의 그림이었다. 그러나 그보다 더 시선을 끄는 건 해변가 한쪽에 자리 잡은 해녀촌이라는 식당이었다. 슬레이트와 나무로 뒤섞인 허름한 식당 앞 노점에는 전직 해녀였을 법한 아즈망과 할망들이, 벌건 다라이 속에서 연신 물을 뿜어대는 전복, 소라, 해삼 등을 팔고 있었다.

현금 3만 원으로 모둠 해산물 한 접시와 성게 칼국수를 주문했다. 비린 것을 잘 못 먹는 남편은 국수만 겨우 건져 먹고, 나 혼자 한라산 소주를 홀짝 거리며 맛있게 먹었다. 남편은 떡볶이처럼 매운 양념이 들어간 음식을 좋아했기에 허연 국물에다 비릿한 성게 칼국수가 영 입에 맞지 않았다.

반면 어릴 적부터 "어부한테 시집가라" 할 정도로 각종 생선을 섭렵한 내게 이곳은 천국이었다. 꼬들꼬들한 해산물을 오물오물 씹다가 꿀꺽 삼키고, 쌉싸래한 소주 한 잔을 얼른 입에 탁 털어 넣고, 성게국물을 한 숟가락 떠먹으면! 아, 밍밍하지만 깊고 따뜻한 국물이 가슴까지 내려갔다. 마치 바다를 앞에 두고 바다를 마시는 느낌이었다.

제주에는 빨간 음식보다 하얀 음식이 많다. 제주에 살자고 1년간 졸라대던 남편도 자연의 아름다움은 알았지만 음식에 대해서는 별로 공부하지 않았나 보다. 고추장과 고춧가루가 흠뻑 들어간 해물탕을 생각하고 해물뚝배기를 시켰는데, 된장 베이스의 살색 국물이었다. 하지만 신기하게도 먹으면 먹을수록 "시원해"를 연발하게 되니 그 국물 맛이 참으로 오묘하다.

다행히도 나는 음식에서 빨강이보다 하양이를 선호한다. 서울에 살 때도 한 입만 먹으면 머리가 띵해지고 눈이 번쩍 뜨이는 함흥냉면보다, 이 맛도 저 맛도 아닌 슴슴한 평양냉면을 먹으며 어떻게든 그 안의 맛을 찾아

보려 노력하는 스타일이었다. 그러니 제주의 심심한 음식들이 가면 갈수록 입에 딱 맞는다.

제주 음식이 관광지 치고 생각보다 맛이 없다는 사람도 있지만 강한 조미료와 젓갈에 익숙해진 이들에게는 그럴 수도 있을 것 같다. 어른 입맛으로 아기 이유식이 무(無)맛으로 느껴질 테니 말이다. 하지만 먹으면 먹을수록 씹으면 씹을수록 생각나는 제주도 음식은 맛이 없는 게 아니라 그 자체가 재료 본연의 맛이다.

어느 여름날 위미리에 있는 공천포 해변에 갔다. 물회로 유명한 곳인데, 비릿해서 제주 토박이도 먹기 힘들어한다는 자리물회를 먹어 보고 싶어서였다. 자리는 특히 제주에서 많이 잡히는데, 생김새는 금붕어같고 크기가 작아 뼈째 먹는 생선이다. 그런데 스테인리스 그릇에 가득 나온 자리 물회를 보며 우리는 기겁했다. 강원도가 고향이라 속초에서 유명한 물회를 맛본 적이 있기에 빨간 고추장 양념의 물회를 생각했기 때문이다.

물회 속 자리는 탱탱한 피부가 훤히 보일 정도의 살색 국물 속에 있었다. 남편은 한 입도 먹고 싶지 않다며 손사래를 쳤고, 내가 용기 내어 한입 먹어보았다. 김병만의 '정글탐험대' 멤버가 되어 갓 잡은 생선을 입안에 넣고 씹는 느낌이 이런 걸까. 하지만 씹을 때마다 된장과 제피의 향이 문득문득 올라왔다. 마지막 뼈까지 꼭꼭 씹으며 조심스레 삼키는 용감한 나를 신기한 듯 바라보며 남편은 전복죽만 슬금슬금 퍼먹었다.

그 후로 제주에 오면 꼭 먹어봐야 할 제주의 전통 음식 중에 자리 물회를 넣곤 한다. 옛날 해녀들이 바닷가에서 물질할 때 귀한 전복이나 성게 대신 그나마 흔하고 저렴한 자리를 뼈째로 쓱쓱 잘라, 집에서 가져온 된장에 제피를 몇 개 띄어 먹었다는 이야기를 들으니 더욱 확고해졌다.

또다른 화이트 푸드 중 일명 '빙떡'도 은근한 매력이 있다. 강원도에서도 자주 먹던 메밀전병에는 시뻘건 김치를 속에 넣는데 반해 제주도 빙떡에는 허연 무를 속으로 쓴다. 즉 간을 한 허연 무채를 가득 넣어 만든다. 소금은 친 듯 안 친 듯 밍밍한 빙떡을 한 개 먹으면 계속 손이 가는데 희한하게 중독성이 있다. 아무리 먹어도 체하지 않고 몸에 좋은 건강식품이라고 옆에서 말들을 하니 10개씩 먹고 뽕꼬랑해질(배부른 상태의 제주어) 때가 많다. 다이어트하는 이들에게는 아주 조심해야 할 음식이다.

가끔 관광객들이 횟집에서 남은 생선뼈로 매운탕을 시킬 때 적잖이 당황하는 경우도 있다. “지리로 주카? 매운탕으로 주카?” 하고 물어보니 말이다. 횟집의 매운탕은 당연히 빨간 거라는 선입견을 버려야 한다. 제주도는 기본이 지리다. 하얀 국물을 극도로 싫어하는 남편 때문에 매번 일반적인 매운탕으로 먹었는데 한 번은 지리로 먹어보았다.

그랬더니 웬걸 고춧가루 양념에 텁텁한 맛만 나던 매운탕과 달리 지리는 구수한 국물에 고소한 생선살 그리고 향긋한 미나리 향에 훨씬 더 맛이 깊었다. 그 후로 매운탕은 지리로만 달라고 한다. 서울에서 지리는 회사 회식 자리에서 복 지리탕만 먹어보았는데 제주에서는 지리만 지루하게 찾는다.

자연에서 얻은 재료를 최소한의 조리법으로 먹은 이

유를 듣고 보면 애잔하기도 하다. 남자보다 더 많은 일을 해내던 생활력 강한 제주 여자들이 불을 피워 음식할 시간이 많지 않아 그랬다고 한다. 사실인지 그냥 하는 이야기인지 모르겠지만 신선한 재료를 간단하게 조리해 먹으니 '웰빙'과 '미니멀'을 지향하는 요즘 시대에 제격인 듯하다.

제주에 살면 살수록 음식들에 감탄하게 되니 횟집에 갈 때마다 느끼는 마음도 유별나다. 자극적이고 색감이 화려한 매운탕이 풀 메이크업을 한 미인이라면, 간소하고 보잘것없어 보이는 지리는 눈썹만 겨우 칠한 단아한 미녀 같다. 보면 볼수록 은근한 매력이 있는, 꾸밈이 필요 없는 제주 사람들의 생활을 보여주는 것 같기도 하다. 보이는 그대로, 자신을 왜곡하지 않고 편안하게 다가오는 제주도. 사람도, 자연도, 음식도 난 하얀 그 모습이 참 좋다.

울면 더 좋아

"울면 안 돼! 울면 안 돼! 산타 할아버지는 우는 아이에겐 선물을 안 주신데요."

어릴 때는 천생 울보였다. 받아쓰기를 100점 못 받아서 울고, 엄마가 돈 없다며 발레 학원에 안 보내줘서 울고, 점심 도시락을 못 싸오는 친구가 가엾어 울고. 그렇게 울음이 많던 감성의 소유자가 어찌 '목석'이란 별칭을 들을 정도로 울음에 인색해진 걸까?

실은 혼자 있을 때 많이도 울었다. 아빠의 장례식장에서도, 지병 진단을 받고서도 꿋꿋하게 울지 않은 줄 알지만 혼자서 통곡했던 원조 울보다. 단지 사람들에게, 그것도 사랑하는 이들 앞에서는 눈물을 보이고 싶지 않았을 뿐이다. 내가 울면 그들이 걱정하고 가슴 아파하는 게 싫었다. 그래서 웃고 또 웃었다. 울고 싶을 때, 대신 씨익 웃었다.

사람들이 곁에 있으면 영화에서 슬픈 장면이 나와도 입술을 꽉 깨물고, 작은 눈을 최대한 크게 떠서 눈물이 나왔다 다시 흡수되도록 안간힘을 썼다. 그러곤 눈이 벌개진 이들에게 어린애처럼 울고 있다며 핀잔을 주던, 겉과 속이 다른 어른아이였다.

영화 〈데몰리션〉에서 주인공 데이비스는 아내를 잃고 나서 오히려 더 감정을 느끼지 못했다. 괴로워하거나 속상해하기는커녕 병원 자판기가 망가져 돈을 잃자, 그것에만 관심을 두었다. 그리고 그날 이후 항의 편지만 줄곧 썼다. 순간 아빠의 장례식장에서 염을 마친 아빠의 마지막 모습을 보던 내가 떠올랐다. 곁에서 펑펑 울던 엄마와 달리 통나무처럼 뻣뻣이 서서 아빠를 보았다. 아빠의 건강하게 빛나던 검은 피부가 파운데이션을 바른 듯 건조한 잿빛으로 변해 있는 모습이 마음에 들지 않았다. 특히 크고 곧은 아빠의 코가 한 쪽으로 구부러져 있는 것이 너무나 신경이 쓰였다.

나는 그때 아빠의 죽음을 철저히 외면하고 있음이 분명했다. 그런 내 모습이 엄마는 마음에 들지 않으셨던 걸까? 아빠의 손을 잡아 보라며 나를 이끌었다. 그 손을 잡았는지 엄마의 말을 무시했는지 잘 기억나지 않는다. 다만 영화 속 데이비스처럼 난 눈물 한 방울 흘리지 않았다. 대신 그때 흘리지 않은 눈물을 지금 그날을 기억

하며 흘리고 있다.

2년 전 한 모임에서 눈물 인생 제2막이 시작됐다. 나보다 더 잘 우는 이를 만났기 때문이다. 신유진이라는 나보다 두 살 어린 동생이었다. 그도 나와 비슷한 시기에 제주로 이주해와 엄마로, 아내로 꾹꾹 참으며 살던 이였다. 그날은 누군가 답답한 자신의 마음을 이야기하는데 순간적으로 내 눈가에 물이 올라왔다.

평소처럼 그냥 꾹 참으려던 찰나 옆에 앉아 있던 유진이가 콧물을 훌쩍였다. 그랬더니 나도 순간 눈물이 코로 갔다. 한번 들이켰다. 그런데 이번에는 그가 '흑' 하는 소리를 냈다. 나도 '학' 하는 소리가 튀어나왔다. 그리고 우리 둘은 그날 모임 두 시간 동안 휴지를 번갈아 닦아내며 얼굴이 새빨개져 있었다.

많은 이들 앞에서 울면 부끄럽고 창피할 줄 알았는데 희한하게도 가슴이 시원해졌다. 그 느낌이 잊히지 않아 그 후로 우리 둘은 만날 때마다 옆에 앉아 누가 누가 휴지를 더 쓰나 콧물이 더 많이 나오나 겨루듯 울어 재꼈다. 그도 살면서 쌓인 울음이 꽤나 많았던 듯.

그 후로도 모임에 새로운 멤버들이 오면 꼭 한 명은 자기소개를 하다 울었다. 하고 싶은 일은 많은데 시간은 없고, 목표치는 저 만큼 높은데 내가 있는 곳은 바닥인 것처럼 느껴질 때, 지금의 현실이 가엾고 억울해서 울곤 했다. 그저 매일 주어진 일에 순응하고 작은 일에 기쁨을 느끼며 사는 이들은 그리 울지 않았다. 나처럼 애살(자신이 맡은 일을 잘하고자 하는 욕심과 애착이 있는 상태) 많은 이들이 자주 울곤 했다. 울음은 부정적인 것이 아니라 긍정적이라는 걸 경험하고 나서 나는 오히려 더 울었다. 울 거리를 만들고, 같이 울 사람을 찾고, 누구보다 더 크게 울었다.

울지 않으면 장기가 대신 운다는 말은 건강 적신호를 가진 내게 크게 와 닿았다. 또한 눈물이 많은 사람은 나약하고 성숙하지 못한 사람이 아니라 오히려 몸과 마음이 건강한 사람이란 것을 깨달았다. 슬플 때만 우는 것이 아니라 기쁨, 반가움, 미안함, 서러움 등의 감정이 느껴지는 대로 울어 주면 눈물이 터지면서 뇌파가 안정적으로 작용하며, 목 놓아 우는 것은 스트레스 가득한 몸

상태를 리셋해 주는 효과를 준다고 했다. 오랜 기간 울면 몸에서는 고통을 줄여 주는 엔도르핀과 마음을 안정시키는 옥시토신도 분비된다 했다. 이렇게 좋은 울기를 왜 그동안 안 했을까, 아니 못 하게 했을까 억울하기까지 했다. 산타할아버지 미워요.

디즈니 애니메이션 영화 〈인사이드 아웃〉에서 적극적이고 긍정적인 기쁨이는 처음에는 부정적이고 우울한 슬픔이를 싫어한다. 그러나 인생에서 만날 수밖에 없는 힘든 순간들을 극복하기 위해서는 슬픔이가 꼭 필요하다는 사실을 알게 된다. 나도 이제 울음이 두렵지 않다. 오히려 그렇게 실컷 울고 나니 점점 울음의 횟수가 줄었다.

요즘 유진이는 가끔 만날 때마다 "언니, 요즘은 왜 안 울어요?" 하며 농담을 걸어오기도 한다. 《울어야 산다》라는 책도 있던데, 살기 위해서라도 앞으로 더 많이 오래 크게 울어야겠다. 제주에서 드디어 어릴 적 울보였던 나로 다시 태어났다. 제주는 그렇게 내게 기쁨도 주었지만 울음도 선물해 주었다. 나를 다시 살게 해 주었다.

근데 뭐 필요한 거 없수꽈?

나는 의심이 많다. 곧이곧대로 믿지 않는다. 한 번 더 확인을 한다. 내 눈으로 확인해야, 그제서야 안심한다. 때론 나 자신도 믿지 못할 때가 있다.

나 같은 사람이 많을 꺼라 생각했다. 눈 감으면 코 베어간다는 서울에서 살 때는 누가 무얼 준다고 하면 공짜로 줄 이유가 없다며 안 따라갔다. 어디가 좋다는 이야기를 들으면 아마 뭔가 뒷거래가 있을 거야, 의심부터 했다. 강원도 강릉 시골에서 18년을 살았다. 관광도시지만 그리 큰 발전도 변화도 없던 곳에서 등 처먹힐 일 없이 살았다. 엄마의 레이더망에서 벗어나 자유롭게 놀러 다니고 싶다는 일념에 경기도에 있는 대학에 입학했다. 아르바이트도 열심히 하고 학교는 의무감에 다니며 다양한 사람들을 만났다.

열아홉 살 시골뜨기 여대생은 그때부터 서서히 믿지 못할 사람들을 경험했다. 영어공부에 최고라는 말에 솔깃해서 타임지 2년 구독을 전화로 신청했다. 그걸 갚느라 아르바이트를 하나 더 해야 했고 타임지는 점점 라면 받침으로 이용되었다. 주유소에서 주유카드 신청을 받는 일을 할 땐 자주 오던 나이 지긋한 손님 한 분이 따로 연락처를 물어와 밥을 사주신다 해서 친구와 나갔다. 그 후 친구에게도 따로 연락을 했다는 이야기를 듣고 뒷골이 싸해 바로 수신거부를 했다.

사랑을 많이 받은 사람이 사랑을 줄 수 있다는 말도 있지만, 사람들에게 뒤통수를 많이 맞아 본 사람은 의심이 많다. 그렇게 마음 속 벽을 칠 일이 계속되다 보니 가족도 믿을 수 없다는 말을 해서 엄마에게 호되게 혼난 적도 있다. 엄마는 내가 겪은 일들을 모르시면서 그러니 오히려 서운했다. 그렇게 누군가를 전적으로 믿지 못하는 삶은 죽을 때까지 계속될 거라 생각했다. 제주에 와서도 새로운 사람들과 만나면 선을 긋고 대했다. 급하게 다가오는 이들을 특히 경계했다. 왠지 나를 이용할지도 모른다는 의심과 함께.

그런데 내 곁에 순수한 사람들이 하나 둘 모여들었다. 처음에는 그들도 언젠가 떠나갈 거라며 믿지 않았다. 처음 제주에 올 때 이주를 결정하게 조언해주고 사람들을 만나게 도와주신 기철 님네부터, 연고 없이 이주해 와 연세를 구할 때 처음 만난 주인분과 손수 전화해 주고 계약할 수 있게 도와준 유어스프링 언니, 마지막으로 언제나 있는 듯 없는 듯하면서도 일이 있을 때마다 챙겨주시는 목사님 내외분까지.

무엇 하나 본인들에게 남는 것이 없을 텐데 물심양면으로 도와주는 사람들을 유독 이곳 제주에서 많이 만났다. 물론 제주에서 호되게 사기당하여 돈도 집도 잃었다는 이들의 이야기도 전해 들었다. 눈물을 머금고 다시 육지로 돌아가야 하는 그들의 사연을 접하면, 다시 의심의 눈초리로 사람들을 봐야 하나 고민했다. 하지만 다행스럽게도 좋은 사람들이 점점 더 주위에 생기며 그 마음을 다시 품지 않게 도와주었다.

육지에서 온 같은 처지의 이주민들뿐만 아니라 제주에서 태어나고 자란 제주 토박이 분들도 하나라도 더 도와주려고 하는 마음을 확인한 순간, 의심으로 장벽을 쳤던 마음들이 허물어졌다. 한창 카페와 민박을 준비하던 남편 때문에 지역 중고카페를 수시로 드나들던 초창기였다. 우리 부부가 빈티지를 좋아해서 오래된 가구를 주우러 다닌다는 말을 어디선가 들으셨는지 무뚝뚝한 말투로 "우리 집에 한 번 와서 봐봐" 하셨던 실장님. 집에 가니 역시나 그릇장에 괘종시계까지 보물단지가 가득했다. 별거 아니라는 듯 슥 한 마디 하셨다.

"갖고 싶은 거 다 가져가라. 조만간 다 치워 불거라."

"이거 중고로 팔면 다 돈이에요!"

"에이, 나 그런 거 모른다" 하며 씩 웃으셨다. 그 귀한 물건들은 그렇게 가시리 집으로 이사를 왔고 지금도 고이고이 모셔져 있다. 집에 김치가 다 떨어졌다고 무심코 말했는데 은근 슬쩍 다음 날 깍두기와 배추김치를 담은 통들을 내밀며, "통은 안 돌려 줘도 돼"라고 덤덤히 말하던 동료도 있었다.

물론 처음부터 그들도 나도 두 팔 벌려 환영하고 곰살맞게 대하는 스타일은 아니었다. 시시때때로 팡팡 몰아치는 태풍급 바람과 척박한 생활 속에서 왁왁하게(정신을 차릴 수 없이 깜깜한) 살다 보니 서로를 의지하게 되더라는 것이다. 그 믿음들은 공간과 시간이 필요한 것이었다. 육지에서 이주해 온 이들에게는 제주에 산다는 공간의 의미로, 제주도 토박이들에게는 함께 지내는 시간의 흐름으로 믿음은 점점 더 공고해지는 듯하다.

아무튼 이런 감지덕지한 대우를 받다 보니 나도 다른 이들에게 이유 없이 친절을 베풀고 싶을 때가 많아졌다. 누군가 한 마디 하면 내가 할 수 있는 일이 없나 살피게 된다. 서로를 믿는다는 건 누군가의 신뢰로부터 시작된다는 걸 경험했다. 혹시나 앞으로 제대로 뒤통수 맞더라도 예전의 의심쟁이로 돌아갈 일은 없을 것 같다. 서로를 그대로 믿어주는 것에 대한 선한 영향력을 알게 되었기에 말이다.

"근데 뭐 필요한 거 없수꽈?"

친절의 반대말은
불친절이 아니에요

"안녕하세요?"

하루에 백 번 이상 이 말을 할 때도 있다. 사무실에 오는 사람들에게 버릇처럼 인사를 한다. 눈은 모니터에 두고 입만 벌려 인사하는 앵무새 같기도 하다.

열아홉 살 때부터 아르바이트를 시작했다. 사립대학교 입학금은 부모님이 겨우 내주셨지만 다음 학기 수업료는 당장 벌어야 할 상황이었다. 물론 생활비도 말이다. 3월 신입생 환영회가 한창일 때부터 일자리를 알아보았다. 할 수 있는 거라곤 학교 정문 앞에 있던 노래방 카운터에서 하는 시급 1,500원 짜리 일뿐이었다.

손님이 오면 기계에 1시간 입력을 하고 녹음을 원하면 공테이프를 끼워 주었다(당시에는 노래방에서 본인들이 노래한 것을 테이프에 녹음해서 가지고 갈 수 있었다.) 손님이 가면 재떨이를 비우거나(실내에서 흡연이 가능했던 신세계), 가끔 거나하게 취해 2차, 3차로 오신 손님의 토사물을 치우는 일을 했다. 그래도 밝게 웃으며 인사할 수밖에 없던 그 일을 1년 넘게 했다. 마트의 푸드 코트에서 피자를 팔고, 주유소에서 신용카드를 만들라고 권유하는 서비스 직종들은 언제나 싹싹하게 웃으며 말해야 했다.

그 때문이었을까. 웃는 것 하나는 자신 있었다. 매일 새벽 2시까지 끝나는 아르바이트 강행군에 마음은 외롭고 힘들었지만 조커처럼 웃는 하루가 계속되었다. 하루가 아닌 거의 20년을 그리 살았다 해도 과언이 아니다. 누군가는 웃는 상이라며 보면 기분 좋아지는 얼굴이라 했지만 그 말은 오히려 내 속마음을 보일 수 없게 만들기도 했다.

사회 초년생이 되어 어엿한 직장에 다니면서 더 심해졌다. 폐암에 걸리신 아빠를 보러 주말마다 지방에 가야 했던 간병의 시간과 내 몸에 걸려오는 적신호들에도 그저 웃음을 지으며 괜찮다고 걱정 말라고 했다. 누구에게나 사근사근하게 대하며 도움을 주니 첫 직장에서는 친절한 희선 씨라며 칭찬을 받기도 했다. 하지만 과유불급이라 겉과 속이 다른 이중적인 모습에 당시 더욱 외롭고 힘든 나날이었다.

그렇게 제주에 와서 회사를 다니니 그 버릇은 어디

가지 않았다. 마치 상담센터 직원처럼 한 옥타브 올라가는 목소리에 방긋방긋 웃으며 이야기했다. 조금은 과장된 그 모습이 제주 분들의 눈에는 어색해 보인다는 것을 어느 날 산책하던 두 사람의 이야기를 엿듣고 깨달았다.

"○○팀 ○○가 말할 때 이상하지 않아?"

"맞아, 그이가 이야기 하믄 괜히 닭살 돋데."

'그이'는 내가 아니었지만 순간 얼굴이 화끈했다. 그 일이 있은 후로 의식적으로 톤을 낮추었다.

제주의 한 식당에서 밥을 먹고 나올 때의 일이다. 평소처럼 "감사합니다"라고 말하며 나오는데, 돌아오는 대답이 없었다. 순간 기분이 나빴다. 그 후로는 일부러 안 해보았다. 그랬더니 기분 나쁠 일도 없었다. 제주도 식당 주인들이 불친절하다는 관광객들의 불만을 들은 적이 있다. 육지에서는 기본적인 예의라는 인사는커녕 식사 내내 제대로 대접받지 못 한다는 느낌을 받았을 수도 있다. 영업시간도 개인 사정에 따라 매일 달라지고, 손님은 왕이 아니라 그냥 손님일 뿐이라는 갑을관계에서 벗어난 이 대등한 관계가 나도 처음에는 어색했으니 말이다.

하지만 겉으로만 보이는 형식적인 친절이 아닌 진심 어린 배려를 경험할 때가 더 많았다. 입매 쫄븐(입이 짧은) 딸아이가 식당에서 공기밥만 먹는 것을 보던 주인 아주머니는 배추 된장국에 조미김을 쓱 가져다 주셨다. 식당 앞에 있던 컨테이너 속 귤을 하영(많이) 담아 가라며 검은 비닐봉지를 챙겨 주시는 이도 있었다. 앞머리만 자르러 처음 간 미용실에서 현금 3,000원이 없어 우왕좌왕하는 나를 보며 다음에 와서 자를 때 같이 달라던 사장님.

물론 그런 배려가 없어도 과하지도 덜하지도 않은 그 태도가 이제는 편하다. 물론 아직도 관공서에서는 조금 더 친절하게 관광객을 대하라고 방송에서 연신 이야기한다. 도민들이 처음 만난 이들에게 살갑게 대할 수 없는 그 이유를 조금 더 알고 나면 서로를 이해할 수 있을까? 그것이 역사적, 문화적 이유가 있었다는 것을 조금이나마 자세히 알려 준다면 말이다.

인사를 잘 하지 않았다고, 웃는 얼굴을 보이지 않았다고, 손님을 왕처럼 모시지 않았다고 불친철하다고 말하는 이들에게 이야기해 주고 싶다. 친절하지 않다고 해서 불친절하다고 말하는 오류는 범하지 않았으면 좋겠다고. 물론 일부 과도한 횡포를 일삼는 이들도 있겠지만 친절하게 하지 않았다고 그들과 같은 부류로 만들어 버리지는 말기 바란다.

별표를 받기 위해, SNS에서 좋은 평판을 받기 위해 가식적이다 못해 직원들에게조차 강요된 친절은 친절이 아니다. 그것은 감정 노동자를 생산하는 것이다. 손님에 대한 마음속에서 우러나오는 친절이 더 중요하다. 갑과 을의 관계가 아닌, 사람과 사람으로서 서로를 배려하기를 바란다. 시간이 걸리더라도 진심어린 마음을 나누는 단골이 된다면 진짜 그들의 속 깊은 친절을 경험할 수 있을 거라고 말해 주고 싶다.

평일에는 집밥을 선호하지만 주말에는 맛집 찾아다니는 것을 좋아한다. 검은 모래 해변으로 한적한 공천포의 전복 가득 물회집, 백종원이 와서 유명해진 하효동의 짬뽕집, 커피 한 잔이 밥 한 끼 가격을 맞먹지만 그 맛이 가히 일품인 송당리 카페. 한 번 가보고 마는 곳도 있지만 6년 동안 꾸준히 가게 되는 곳도 많다. 하지만 그곳이 어디든 가기 전에 꼭 하는 일은 인터넷 검색을 해서 휴무일과 브레이크 타임을 확인하는 것이다. 마지막으로 전화까지 확실하게 하면 목적지로 출발한다.

제주에 온지 1년도 안 된 새내기 도민 시절, 김녕해수욕장에 놀러갔다가 근처 백반집에 가기로 했다. 혹시 몰라 전화를 했다. 당시 제주도 식당들은 영업시간이 정확하지 않다는 이야기를 얼핏 들었던 터였다.

"지금 영업합니까?"

"네, 합니다."

그런데 10분 후에 도착하니 문이 닫혀 있었다. 오후 2시 반쯤 이미 끼니때를 놓친 상태라 뱃속은 요동을 쳤고 슬슬 화가 났다. 다시 전화를 걸어 따지듯 물었다.

"사장님! 좀 전에 영업하신다고 해서 왔는데 문 닫혔어요!"

그랬더니 사장님이 미안한 듯, 그러나 어쩔 수 없었다는 듯 말씀하셨다.

"갑자기 일이 생겨 닫았어요."

그때의 충격은 꽤 커서 그 후로는 가기 전에 반드시 전화하는 습관이 생겼다. 물론 갑자기 일이 생기면 닫혀 있을 거라는 마음의 준비도 한다. 서울에서는 브레이크 타임 없이 아침부터 밤늦게까지 일하는 식당이나 카페를 허다하게 보았기에 2시부터 2~3시간 동안 쉬는 제주의 가게들이 적잖이 신기했다. 식당뿐만 아니라 병원들도 서울과 다른 점심시간에 적잖이 놀랐다. 일반적으로 병원 점심시간은 1시간을 생각하지만 제주도는 기본이 1시간 반이고, 무려 2시간인 곳도 왕왕 있었다.

13년 전 보았던 일본 영화 〈카모메 식당〉이 생각났다. '세계에서 가장 행복한 나라' 핀란드의 수도 헬싱키에서 길모퉁이에 조그만 일식당을 경영하는 당찬 여성 '사치에'가 주인공이다. 식당을 하게 된 이유를 묻자 "하기 싫은 일을 안 할 뿐"이라고 야무지게 대답했다. 그녀처럼 나도 언젠가 손님이 오지 않아도 한가롭게 자신만의 하루를 꾸려가는 가게를 꿈꾼 적이 있다. 아마 그 가게는 작은 책방일 확률이 높다. 그런데 제주에는 사치에와 같은 마인드를 가진 주인들이 많은 걸까? 먹고 살만해서, 집이 있어서, 땅값이 올라서 그런 것이 아니라 하기 싫은 일을 하지 않는 것처럼 보이니 말이다.

그렇게 손님이 아닌 주인 위주의 영업시간을 보고 느꼈던 당혹스러움은 2년쯤 지나니 자연스럽고 응당 당연한 일이 되었다. 그런데 남편이 가시리에 작은 카페를 열면서 우리가 그 당사자가 되었다. 기존에 생각했던 11시부터 5시였던 영업시간이 생각과는 다르게 점점 짧아졌다. 회사에 다니는 나 대신 딸아이 하원부터 자잘하게 발생하는 일들을 처리하다 보니 휴무일이 많아지고, 결국 '주인이 여는 날'이 영업일이 된 꼴이었다.

우리가 그리 분개했던 그 팔자 좋은 사업자가 된 것이다. 혹여 서울이었다면 이렇게 했을까 싶은 마음도 든다. 하지만 제주에서는 생계도 일도 중요하지만 당장

아이를 픽업하러 가는 일이, 허리가 삐끗하여 오늘 하루 쉬는 것이, 일주일간 추적추적 비가 오다 해가 반짝 나는 이 날을 즐기는 것을 더 챙기게 된 것이다.

누가 보면 배부른 소리라며 욕을 한 바가지 할 수도 있겠다. 우리는 얼마를 벌어야 만족하는 것일까, 아니면 딱 집어 자산이 어느 정도 되어야 전전긍긍하지 않고 살 수 있을까, 가끔 의문이 든다. 질문의 답은 각자가 결정하는 것이니 사람마다 다를 것이다. 하루 12시간 일해 10만 원을 버는 사람이, 4시간만 일하고 3만 원 버는 이를 게으르다 욕할 수 없다. 아마 그런 마음으로 제주에 온 이들이 아닌가? 그 곁에 우리 같은 이들도 묻어가며 우리의 순간을 더 찾게 되었다.

핀란드 얘기가 나와서 하는 말인데 덴마크의 휘게(Hygge)처럼 내면의 힘을 의미하는 '시수(Sisu)'라는 핀란드 고유의 철학이 있다. 굳건한 자기신뢰를 바탕으로 내면의 목소리에 귀를 기울이는 것인데, 삶에서 만나는 고난도 '시수'가 있다면 현명하게 헤쳐 나갈 수 있다는 믿음이다. 카모메 식당의 고바야시 사토미와 모타이 마사코가 함께 나오는 영화 〈안경〉에서도 자신들만의 방식으로 삶을 살아가는 섬사람들이 나온다.

관광 대신 사색을 즐기고, 돈 대신 채소나 종이 인형, 만달린 연주로 사쿠라의 빙수를 사먹는 사람들. 매년 봄마다 빙수를 팔러(?), 아니 주러 오는 사쿠라 할머니는 분명 시수를 가진 사람이었다. 그렇지 않다면 돈도 되지 않는 빙수를 팔기 위해 팥을 정성스럽게 쑤고 이른 아침마다 메르시(Merci 프랑스어로 '감사'라는 뜻) 체조를 사람들에게 가르쳐 주지는 않겠지.

바람에 검정 테 안경이 날아가고 빨강 테 새 안경을 낀 후 영화는 끝을 맺는다. 남의 시선으로 그 모든 것들을 바라보던 주인공이 다시 오롯이 자신만의 삶을 시작하게 된 것처럼, 이곳 제주에서도 새로운 안경이 필요하다. 제멋대로인 영업시간이 생경해 보이지 않으려면 말이다.

손심엉 고치 가게

감수광 감수광 나어떡할렝
감수광 설룽사랑
보낸시엥 가거들랑 혼조옵서예

가수 혜은이의 〈감수광〉을 가끔 듣는다. 콧소리가 살짝 묻어나는 특유의 옥구슬 같은 목소리에 절로 어깨가 들썩인다. 사실 이 글을 쓰면서도 듣고 있다. 그루브를 느끼며 온몸을 흔들기도 한다. 하지만 가사의 뜻을 알게 된 것은 그리 오래 되지 않는다. 알듯 말듯 한 단어들에 긴가민가했다. '감수광'은 잘 익은 단감이 떠올랐고, '혼저 옵서예'는 혼자 오라는 건가 생각했다. '설룽사랑'은 서울사랑 아니면 설익은 사랑인 줄 알았다.

제주어를 이렇게 완전히 다른 뜻으로 오해한 적이 많다. 처음 제주에 왔을 때 가시리라는 중산간 마을에 자리를 잡았는데, 제주 시내에 사시는 나이 지긋하신 토박이분들 중에는 평생 가시리라는 마을에 와본 적이 없는 분들도 많았다. 그만큼 시골 중의 깡시골이다. 아이러니하게도 그래서 더욱 제주다움이 오롯이 보존되어 있는 곳이기도 하다.

시골로 이사 온 지 한 달도 안 되어 현관문 페인트칠을 하고 있을 때였다. 지나가던 마을 어르신이 나를 보더니 이것저것 물어보셨다. 처음 보는 얼굴이라 궁금한 게 많으셨을 것이다. 하지만 그 날 5분간의 대화 중 대부분을 이해하지 못하고 인사만 드려야 했다. 할머니도 내가 눈을 동그랗게 뜨고 계속 다른 소리를 하니 아니다 싶으셨는지 더 이상 말씀을 잇지 않고 가셨다. 단어도 어미도 모든 게 새로운 제주어에 제대로 놀란 날이었다.

바로 주말에 표선도서관에 가서 제주어에 관한 책을 빌려왔다. 인터넷에서 제주어의 뜻을 풀이한 부분을 출력해서 남편과 서로 퀴즈를 내며 공부하기도 했다. 하지만 하면 할수록 알쏭달쏭 헷갈리는 것들이 많았다. 제주어는 마치 공부할수록 더 복잡해지는 수학문제 같았다.

그러다 복직이 되어 제주 토박이분들과 함께 일하며 자연스레 제주어를 익히게 되었다. 사실 50~60대가 아닌 이상 내 또래 40대나 이하 분들은 일명 육지사람과 함께 있을 때는 제주어를 일부러 쓰지 않는다. 하지만 문득문득 나오는 '전문(?)' 용어들이 있는데, 그때는 다시 반문해서 뜻을 알아차리고는 했다. 가끔 어떤 말들은 평소에 많이 쓰는데도 본인들조차 설명하기 어려워했다.

개인적으로 가장 마음에 드는 낱말은 '손심다'이다. 손심다는 '손바닥을 마주하고 깍지를 끼어 손을 꼭 잡는다'라는 뜻이다. "손심엉 가게!"라는 말을 듣는데 어찌나 가슴이 따뜻해졌는지 모른다. 비슷한 뉘앙스로 '고치 가다'라는 말도 많이 썼다. 처음에는 틀린 걸 고치라는 뜻인 줄 알았는데 '같이', '함께'라는 뜻이었다.

"손심엉 고치 가게!"

손잡기도 무섭고 함께 가기도 두려운 코로나 시대에 유독 많이 하고 싶고 또 듣고 싶은 그리운 말이다.

제주어를 제주 방언이나 제주 사투리라고 지칭하는 경우가 흔하다. 하지만 그건 서울말을 표준어로 국한해서 그 외 지방의 언어들을 하대하는 느낌이 든다. 솔직히 표준어의 정의가 '교양 있는 사람들이 두루 쓰는 현대의 서울말'이라는 것도 이제는 바뀌어야 하지 않을까? 그럼 우리가 교양이 없단 말인가? 순간적으로 욱했다.

갑자기 대학교 1학년 OT 때의 선배 얼굴이 떠올랐다. 강원도에서 왔다고 하니 당시 한창 코미디 프로그램에서 유행하는 강원도 사투리를 해보라고 했다. "~했드레요" 하는 강원도 말이 무장공비 말투와 비슷하여 웃음을 주던 프로였는데, 강원도 사람들은 그것이 하나도 우습지 않았다. 오히려 기분이 나쁘기까지 했다.

강원도에 산다고 하면 "감자 많이 먹냐"부터 "집에서 옥수수 키우냐"는 이야기까지 덤으로 따라오곤 했다. 그중에서 강원도 사람처럼 생겼다는 말이 가장 기분이 나빴는데, 그 당시에는 용기가 없어 웃어 넘겼지만 그건 무슨 의미였는지 이제야 물어보고 싶다.

그 경험이 있기에 제주 사투리를 나는 '제주어'라고 더욱 신경 써서 부른다. 배우들이 100% 제주어로 연기한 영화 〈지슬〉부터 최근 읽은 김금희 작가님의 《복자에게》까지, 제주어는 영화와 소설 속에서 더욱 빛을 발하고 있는 듯하다. 예쁘고 따뜻한 단어들이 많이 있는 제주어가 더욱 알려졌으면 좋겠다는 마음도 들었다.

제주어는 한글 중에서 훈민정음의 고유성과 중세에

사용하던 어휘가 가장 잘 남아 있는 '고어의 보고'이다. 이리 귀한 제주어가 유네스코에서 정한 '소멸 위기의 언어' 5단계 중 4단계(아주 심각하게 위기에 처한 언어)라니 마음이 조급해진다. 언어란 자고로 민족의 문화와 사고가 담겨져 있다 하지 않는가.

그래서인지 제주어에는 '고치 가게', '살암시믄 살아진다' 같은 끈끈한 공동체 의식과 역사 속에서 만들어진 불굴의 의지가 엿보인다. 외계어 같다며 잘 못 알아 듣겠다고 웃음거리로 삼거나 잘 안 쓰는 말이라며 치부해버리는 일은 없어야 한다. 그건 자랑스러워 할 제주의 문화와 역사를 저버리는 것이나 다름없는 일 아닌가?

"웃당보민 웃당보민 행복해진댄 햄쩌."

유치원에서 배워온 제주어 노래를 부르는 딸아이가 귀여웠다. 이제는 나보다 더 제주어를 잘도 하니, 머쓱해질 때도 있다. 조금은 어색하겠지만 집에서라도 하영(많이) 써 보면 언젠가는 제주도 사람 닮게(같게) 보이지 않을까?

"삼춘들, 그렇지 않수꽈!"

남편은 제주에서 오래된 시골집을 리모델링해 빈티지한 카페를 차리고 싶어 했다. 실은 요즘 유행하는 깔끔하고 고급스런 카페를 열고 싶었지만 시골집을 구입할 때 대출을 받아야 했기에 카페 가구나 집기를 살 여력이 없었다.

밤낮을 고민하다 결국 빈티지도 유행이니 지역 내 중고 온라인 카페를 이용해 보자고 했다. 책상, 의자, 탁자 등을 키워드 알람으로 설정해 놓고 알람이 울리면 우선 댓글을 일등으로 달아 24시간 어디든 달려갔다. 그 노력으로 노부부가 쓰던 격자무늬 안락의자와 누군가의 이름이 적혀 있는 갈색 피아노 등 꽤 좋은 물건들을 공짜로 얻을 수 있었다.

온라인 중고거래의 꿀맛을 본 우리도 사용하지 않는 물건들을 버리는 대신 중고로 올려놓았다. 주로 무료드림으로 올렸는데, 글을 올리자마자 대부분 바로 나갔다. 그런데 희한하게도 물건을 가지러 오시는 분들은 꼭 작은 선물들을 가지고 오셨다. 조미김 4통을 들고 오신 분도 있고 직접 뜬 주방용 수세미를 가져오신 분도 있다. 아이에게 주라며 옛날 과자 한 봉지와 편의점 에서 막 사온 듯 온기가 남아있는 캔 커피를 주신 분도 있다. 분명 무료드림인데 이런 생각하지도 못한 것들을 받으니 가슴이 따뜻해졌다.

회사에 와서 이런 이야기를 하니 제주토박이분이 넌지시 알려 주셨다. 제주에서는 무언가를 받으면 그냥 보내지 않고 꼭 손에 뭔가를 들려 보낸다고 말이다. 어쩐지 가시리에서 농장을 운영하시는 어르신을 가끔 찾아뵐 때 좋아하시는 롤 케이크를 사서 가면 꼭 집에 올 때 직접 키우신 유기농 당근이나 파, 양파를 한 아름 안겨 주신다. 드린 것보다 더 받고 올 때가 많아 민망할 때가 한두 번이 아니었다.

"제가 이러려고 찾아온 게 아닌 데요" 하며 겸연쩍고 만다. 그 후로는 나도 무료 드림 물건을 받으러 갈 때 부담이 안 갈 정도의 소소한 물건을 가지고 간다. 주는 사람도 받는 사람도 기분 좋은 무료거래가 성사되는 것이다.

제주에는 결혼식과 장례식 문화도 육지와 달리 매우 각별하다. 예전에는 2박 3일씩 잔치를 했는데, 신부 측과 신랑 측이 각각 했다고 하니 겹부조로 은근 부담되지 않았을까 싶다. 최근에는 많이 간소화되었지만 여전히 관혼상제는 중요하게 여겨진다. 결혼식장과 장례식에서도 기브 앤 테이크가 이루어진다.

축의금을 내면 신랑신부가 답례품으로 상품권을 준다. 육지에서는 식권만 주는 게 예사인데 상품권을 추가로 주니 기분이 좋아진다. 그 부분이 신기해서 여쭤보니 옛날에는 쌀이나 라면, 휴지, 잡곡을 주기도 했단다. 섬이라 쌀 한 톨도 귀한 시절이었으니 그런 날 생필품을 나누어 가졌다고 한다. 더욱이 담배나 봉지커피를 주는 건 신기하고도 재미있었다.

제주의 괸당(친척) 문화는 아주 오래 전부터 정착되어 온 것이라 '멩절'을 지내면 남은 음식들 중 떡이나 적, 과일 등을 나누었다. 떡반을 쟁반이나 차롱에 담아 마을 곳곳에 나누어 주었다고도 했는데, 떡반을 나누는 일은 주로 아이들이 맡아 했다. 이는 어릴 때부터 나누어 먹는 것을 몸소 가르치는 좋은 풍습인 듯하다.

어느 날인가는 자식을 잃은 분의 장례식에 가서 부

의금을 전한 적이 있다. 그랬더니 상품권을 주시는데, 너무 송구하여 도리어 미안했다. 장례식장에서는 도저히 받고 싶지 않았다. 하지만 이 말을 들은 토박이 언니가 좋은 일도 궂은 일도 함께하며, 와준 것에 대한 감사의 표시라고 말하니 그도 이해가 갔다.

한때 제주의 남자는 씨가 말랐던 시절, 여자들이 농사를 지으며 생활할 수밖에 없던 때가 있었다. 화산섬의 특성상 논농사가 어려워 주로 밭농사를 짓는데 남성의 힘이 필요한 밭갈이를 수눌음을 통해 도움을 받고 그 외에는 여자 혼자서도 거뜬히 생활할 수 있었다고 한다.

수눌음은 육지의 품앗이와 비슷한데, 농사 일이 바쁠 때 이웃끼리 서로 도와 일하는 풍속을 말한다. 농사뿐만 아니라 마을 사람들 중 누군가 힘든 일이 있으면 함께하는 문화가 제주의 주고받는 문화를 더욱 발전시킨 것이 아닐까? 두레와 품앗이를 넘어선 자신보다 처지가 어려운 이들에게 조건 없는 나눔과 베풂이 수눌음 정신인 것이다.

기쁜 일이든 슬픈 일이든 함께 하고자 모인 이들에게 어찌됐든 자신이 가지고 있는 것을 나누어 주려던 정 깊은 마음이 제주도만의 답례품 문화를 만들어낸 것이 아닐까? 그동안 나는 아이의 무병장수와 복을 짓기 위해 답례품을 나누어주던 돌잔치 문화에만 익숙해져 있었다. 그런 내게 제주는 요즘 특히 중요한 '같이의 가치'를 가르쳐주고 있다.

앞으로도 주고받는 제주의 문화가 오래오래 이어지기를 바란다. 그리고 작지만 마음을 나누는 따스한 모습을 배워 나도 솔선수범하리라 다짐한다. 그저 받기만 좋아하던 사람이 이제는 줄 차례가 된 듯하다.

벌레 친구들아, 반가워

벌레는 사실 내 몸의 100만 분의 1도 안 된다. 하지만 왜 그리 무서운지……. 마치 프란츠 카프카의 《변신》에서 그레고리 잠자가 어느 날 흉측한 벌레로 변했을 때 그를 사랑하고 지지하던 가족들이 그를 대한 것처럼 말이다. 벌레를 좋아하는 사람들도 있다는 건 알지만 나에게는 귀신보다 무섭고 두려운 존재다.

마흔 살 어른이 벌레가 그토록 무서운 이유는 무얼까 싶다. 서울에서는 그리 자주 보지 못했기 때문일 거라 짐작한다. 기껏해야 개미나 벌, 파리, 모기나 좀 만났을 뿐이다. 사람들과 꽤 안면이 있는 벌레와 달리, 숨어 있어서 존재하는지 의식하지도 못했던 녀석들을 만나는 일은 별로 없었다. 그런데 제주에 오니 온갖 벌레들을 영접한다.

살아오면서 가장 놀랐던 것은 호주에서 만났던 갓난아기 손바닥만 한 바퀴벌레였다. 조금은 작고 얇은 집바퀴와 달리 왕바퀴과에 속한다는 먹바퀴는 정말 보기만 해도 그 자태에 기가 눌린다. 시골집에서는 이 아이가 특히 제집 드나들듯 다니곤 하는데, 그래도 양심은 있는지(?) 사람들이 있을 때는 나오지 않았다.

그러니 제주 이주를 망설인 이유 중의 하나가 '지네'라고 해도 지나치지 않는 말이다. 시골집에 사는 어떤 사람이 신발 속에 지네가 들어가 있는 줄 모르고 신을 신다가 발가락을 물린 이야기를 듣고 등골이 오싹했다. 옷을 입기 전에 꼭 털어내는 버릇이 생겼다는 사람도 있었다. 지네 한 마리를 발견했는데, 두 마리가 언제나 함께 다닌다는 이야기를 듣고 나머지 한 마리를 찾지 못해 밤새 잠을 못 잤다는 스토리는 전설이 되었다.

습하고 축축한 걸 귀신같이 좋아하는 지네는 제주도 지역 특성상 유명한 벌레 중 하나일 것이다. 가끔 지인들 중에는 지네에 물려 병원에 간 이야기를 무용담처럼 하는 이도 있는데, 다행히 나는 아직까지 물려 보지 않았다. 빨간 지네는 색깔뿐만 아니라 셀 수 없이 많은 다리들이 꾸물거리는 것 자체로 공포감을 주었다.

또한 벌레는 아니지만 징그러운 민달팽이는 귀여운 축에 속한다는 걸 알았다. 비 오는 날 등장한 새끼 다람쥐만한 대왕민달팽이를 만나기 전까지는 말이다.

민박 손님들이 가끔 벌레 친구들을 만날 때면 죄송한 마음과 함께 벌레에 대한 미움이 커졌다. "저 놈만 없어진다면!" 그런 마음으로 한 달에 한 번 징하게 방역을 해도 문득 출몰하는 그들이 제주 생활의 어려움들 중 꽤 큰 부분을 차지했다.

그러던 중 우연히 케이블 TV에서 〈조의 아파트〉라는 영화를 보았다. 그 영화는 벌레 학대자인 나를 바꿔주는 계기가 되었다. 수만 마리의 바퀴벌레가 나오는 장면에서는 머리부터 발끝까지 소름이 돋을 정도였다. 하지만 그 순간 스물한 살 워킹홀리데이 비자로 호주의 브리즈번 근처 시골집에 살 때 밤에 자다 나의 왼쪽 팔등으로 스물스물 올라오던 대왕바퀴 벌레로 인한 트라우마가 발현되면서 오히려 치유된 것인지, 아니면 영화의 마지막에 주인공의 사랑을 위해 노력하는 바퀴벌레들의 귀여운 하트모양 퍼레이드가 내 마음을 녹인 건지 모르겠다.

아무튼 그 날 이후 바퀴벌레를 포함한 벌레들의 얼굴을 제대로 볼 수 있게 되었다. 그전에는 몸의 형상만

봐도 기겁을 하고 두꺼운 책으로 압사시키는 만행을 저질렀으니 말이다. 아마 제주에 살지 않았다면 벌레에 대한 나의 무자비한 차별과 살생이 이어졌을 거다.

하지만 5년 정도 지나자 이제는 무뎌진 걸까? 벌레들과 조금은 친해졌다. 그렇다고 막 만지거나 예뻐해 주거나 밥을 주지는 않는다. 그래도 이 지구라는 곳에서 함께 살아가는 생명체로 인정할 수 있게 되었다. 특히 시골은 내가 사는 집에 그들이 온 것이 아니라, 그들이 사는 곳에 우리가 집을 짓고 사는 게 아닌가 하는 '벌레 원주민설'까지 스스로 만들었다.

어릴 적 불교를 믿었던 엄마를 따라 깊은 밤 가족이 입던 속옷을 가지고 강가로 간 기억이 있다. 작은 거북이의 등에 촛불을 매달고 기도를 하는, 일명 '방생'을 따라했다. 그런데 아무리 미물이라고 하지만 이제 그 반대의 짓을 하고 있으니 양심의 가책을 느끼지 않을 수 없었다.

어떤 시인이 "벌레와 인간은 동족"이라 하였는데 그럼 나는 동족을 죽인 것이 되지 않는가? 이런저런 반성을 하며 그래도 나름 변하고 있는 중이다. 벌레의, 벌레에 의한, 벌레를 위한 제주의 삶을 받아들이기로.

지금도 녀석들이 뜬금없이 내게 인사할 때는 화들짝 놀라지만, 그래도 앞으로 제주도에서 더 친해질 수 있을 것 같다. 벌레를 벌레처럼 보던 육지 사람에서, 벌레를 별 것 아닌 자연의 일부로 볼 수 있는 제주 사람이 되어가고 있다.

고마워, 벌레야. 앞으로 더 친하게 지내자. 대신 너무 갑자기 나타나지는 말아줘.

동서남북 연세 살이의 꿈

제주로 이주한 첫 해에는 오등동의 오래된 빌라에 연세로 살았다. 옛날식이라 거실과 부엌, 화장실은 작았고 안방은 운동장만 했는데, 겨울에는 춥지만 여름에는 시원했다. 4년 후 그 빌라의 다른 집으로 이사를 와서 회사를 다니는 주중에는 이곳에, 주말에는 가시리의 시골집에 머물고 있다.

4년 전 이곳에 살 때 우리는 정착할 곳을 찾기 위해 3~4개월은 매일 제주 일주를 했다. 어느 동네가 살기 좋은지 온라인 카페를 찾아보면 다들 제각각이었는데 자연을 좋아하는 사람들은 최대한 시골 쪽에 집을 구하라고 했다.

아이가 있거나 직장을 다니는 사람들은 병원이나 회사가 많은 시내 쪽으로 구해야 한다고 하니 자연을 좋아하는 남편과 두 살짜리 딸아이도 있고 직장을 다녀야 하는 나는 어쩌란 말이냐, 더 막막하고 혼란스러웠다.

아침 9시에 희망을 품고 나가서 저녁 9시에 절망을 안고 들어오는 나날이었다. 그래도 하루 종일 열심히 제주의 동네를 삽살개 마냥 샅샅이 돌아다니곤 했다.

전날 밤 오일장 신문이나 교차로에 올라온 매물을 확인하고, 일어나자마자 누가 채 갈 새라 부랴부랴 그곳을 먼저 찾아갔다.

매물이 없는 곳도 무작정 지도를 보고 찾아가 공터에 차를 세우고 마을의 퐁낭(팽나무)이 있는 곳으로 가면 어김없이 나무 아래 벤치에 할망들이 삼삼오오 모여 있었다. 부끄러운 듯 인사드리면 이런저런 질문을 하시다가 나름 고급 정보를 나누어 주셨다.

어디에 연세가 나왔다느니 본인들끼리 얘기하시다 직접 그곳에 데려다주시기도 했다. 덕분에 키가 180cm 이상인 사람은 허리를 펼 수 없을 정도로 천장이 낮은 제주도 전통 돌집에 들어가 보는 영광을 얻기도 했다.

우리는 제주의 이름 모를 동네들을 볼 때마다 사랑에 빠지곤 했는데, 그중에도 동쪽 지역에는 이름만큼 평온한 온평리가 우리의 마음을 사로잡았다. 하루 종일 피곤해진 몸과, 빨리 집을 구해야 한다는 조급함이 가득하던 어느 날 온평리 마을 가를 걷고 있었다.

탐라국 개벽 신화에 등장하는 삼 신인과 벽랑국에서

온 세 공주가 결혼했다는 혼인지로 유명한 곳이었다. 바닷가 쪽으로 걸어 나오니 더욱 이름만큼 평온한 해변이 지친 우리를 위로해 주는 것 같았다. 하지만 당시에는 연세도 매물도 없어 깨끗이 포기해야 했다. 그런데 몇 년 전에 온평리 지역 일부가 제2공항 건설 예정 부지에 선정되어 시끄럽다는 이야기에 마음이 편치 않았다.

서쪽에는 언제나 햇살이 가득한 날이 유독 많았다. 동쪽은 흐려도 서쪽은 해가 반짝한 날이 많아 관광객들이 주로 찾는 곳이다. 특히 애월은 이미 소길댁 이효리님 덕분에 관광명소가 되어갈 때마다 관광객 놀이를 하는 기분이었다. 한담해변의 봄날카페는 드라마로 유명세를 타 예전만큼 한가로운 느낌은 없다. 그래도 여전히 바다는 아름다웠다.

주차장을 방불케 하는 새별 오름은 앞 공터에서 격세지감을 느꼈지만 억새와 함께하는 노을의 절경 또한 변치 않았다. 사람이 변하고 건물이 들어서도 자연은 언제나 변함없이 그 자리를 지켜주고 있으니 다행이라는 마음과 함께.

최근에는 꽤 멀어 자주 못가는 한경면에 갔다가 우연히 차귀도를 멀리서 보기도 했다. 가는 길에 매의 석상이 계속 보이길래 신기하다 했는데, 차귀도에 얽힌 이야기를 듣고 고개를 끄덕였다. 여전히 제주에 아직가 보지 못한 곳도, 모르는 이야기도 많았다. 제주도가 생각보다 매우 큰 지역이라 이곳에 살아도 평생을 다 못 본다는 이야기를 들었는데 그 말이 사실이었다.

TV에서 서귀포 산록남로에 있는 '치유의 숲'에 대해 나오는 것을 보고 이렇게 좋은 곳이 있었는가 하며 놀라워했다. 편백나무와 삼나무 숲이 잘 가꿔져 피톤치드 효과를 누릴 수 있을 뿐만 아니라 입장료(1인당 1천 원)도 꽤 저렴한 편이었다. 대신 입장하려면 반드시 인터넷으로 사전 예약을 해야 하고 끈 있는 운동화나 등산화를 신어야 한다. 12개의 코스가 잘 정비되어 있어 한라산은 못 가더라도 우선 이곳을 시도해보기로 최근 마음먹었다.

사실 한 달 살이나 일 년 살이를 오려는 지인들 중에는 제주에서 살기 좋은 곳을 추천해 달라고 쉽게 이야기한다. 하지만 그에 대한 대답을 하기란 쉽지 않다. 정말 동서남북 곳곳이 자신만의 매력을 갖고 있기 때문이다. 나에게는 그저 예뻐 보이지만 다른 이에게는 별로일 수 있는 것처럼, 제주도는 열 손가락 깨물어 안 아픈 손가락 없다는 말처럼 내게 모두 소중한 곳들이다.

물론 제주에 사는 것이 호락호락하지 않을 때도 많다. 생각보다 날씨 좋은 날이 드물고 태풍도 어마무시하게 온다. 초가을 '토네이도' 재난 영화를 경험을 할 때는 '으메, 무서워 도망갈까?' 싶다가도 태풍이 지난 간 후에 더욱 말개진 푸른 하늘을 보면 이곳이 내가 살 곳이지 하며 안도한다.

내게는 꿈이 있다. 언젠가 제주의 동서남북에 일 년씩 연세로 살아보는 것이다. 중산간에 살아보았으니 바다가 보이는 집에서도 살아보고 싶다. 안 되면 캠핑카를 한 대 사 요기저기서 해 뜨는 것과 해 지는 것을 보고 싶다. 어디 하나 더 좋을 데를 고를 수 없이 매력적인 제주도. 버킷리스트에 한 줄 떡하니 올려 봐야겠다. 언젠가 이루어져라, 얍!

나오며

결국
내가 좋아한 것은
제주사람이었습니다

'잘 쓰려 하지 말고, 평소처럼 질러 버려!'

초고를 쓰던 3개월 전부터 에필로그를 쓰는 지금까지, 아니 앞으로도 계속될 마음속 메아리다. 퇴고한 원고를 넘긴 후 2주가 지났다. 2주 동안 정말 행복했다. 야근을 해도 행복하고 감기에 걸려도 행복했다. 밤 9시까지 야근을 하고 솜뭉치처럼 무거워진 몸으로 돌아와 목욕 재개 후 원고를 쓰거나, 몸살로 병가를 내고 전기장판 위에서 땀을 뻘뻘 흘리면서도 글을 못 쓰는 것에 마음이 불편할 일은 이제 없다.

내 인생 첫 책 쓰기는 고통스럽고도 힘들었다. 분명 작가가 꿈이라고 떠들었고, 매년 1권 이상씩 내 이름으로 책을 내리라 자신만만했다. 그러나 그건 책을 써보기 전의 어리석은 내가 뱉어놓은 말이었다. 부끄러웠다. 그 부끄러움은 수많은 작가들 앞에서 겸손해지고 나아가 경외심을 갖게 했다.

어느 작가님이 유튜브 강연에서 수명이 짧은 대표 직업으로 작가를 언급한 것은 사실임이 분명하다. 그런데도 글을 쓰는 이들은 《책 한번 써봅시다》 장강명 작가님 말씀처럼 '써야 하는 사람'이므로 오늘도 쓰고 내일도 쓰겠지.

그런데 우연히 《내가 좋아하는 것들, 제주》를 써달라는 제의를 받았을 때 나는 설마, 당최 말도 안 되는 일이라 생각했다. "제주에 6년 동안 살아보니 어떠냐"는 지인들의 질문에 언제나 당당하고 거리낌 없이 "너무 좋다", "이제 다른 데서는 못 산다"고 대답했지만 그 이유를 선뜻 말할 수 없었기 때문이다. 내 주위에는 어찌 그리 제주를 제대로 즐기고 아끼는 이들이 많은지, 내가 제주도민이라는 것이 민망할 정도다.

그런 내가 어찌 제주에 대해 쓸까, 자신 없는 게 당연했다. 귤잼을 만들어본 일도 없고, 한라산 1100고지에 올라가 설경을 제대로 본 적도 없다. 자연과 담쌓은 듯 보이는 목석같은 사람이 나다. 오히려 백화점에 가서 눈요기하는 것을 좋아하고, 시골집보다 콘크리트 건물 속에서 편안함을 느꼈던 사람이다.

그래도 혹시 이야기할 것이 있을까 싶어 목차를 하나하나 써 보았다. 생각보다 꽤 많았다. 지극히 개인적이고 특이한 사람이라는 눈길을 많이 받는 내게만 적용되는 것들이었지만 말이다. 계약 전 꼭지글 3개와 목차를 보낼 때는 거의 포기하는 심정이었다. 자연 친화적이고 여유로움 가득한, 여타의 제주스러운(?) 책들과 많이 달랐기 때문이다. 당시 도서관에서 듣던 독립출판을 떠올리며, 안 되면 그냥 소장용으로라도 만들어 볼까 싶었다.

서울을 좋아하고 백화점과 아파트를 좋아하며 집콕을 즐기던 직장인이, 미술 전공자인 자유로운 영혼의 남편을 위해 제주도로 이주해왔지만 지금은 오히려 남편보다 제주를 더 좋아하고 사랑하게 된 이야기. 오름은 용눈이오름과 다랑쉬오름밖에 올라가지 않았고, 바다는 일 년에 다섯 번도 가지 않지만 그냥 살아가면서 제주의 모든 것을 사랑하게 되었다는 것. 진심으로 최대한 오래오래 제주에 살고 싶은 이 마음을 써 보자 결심했다.

탈고 직전 3일 동안은 특별히 남편이 딸아이를 데리고 가시리 시골집으로 대피해 주었다. 코로나19로 카페에서 글쓰기를 못 하는 아내가 집에서 오롯이 혼자 퇴고 작업을 하도록 배려해준 것이다. 시내 외곽, 한라산 머리가 보이는 오래된 빌라에서 정말 사흘간 씻지도 않고 먹기만 하며 72시간 동안 내 글과 함께 살았다. 평범한 회사원인 내가 아주 오랫동안 꿈꾸던 그 일이 결국 이루어진 것이다!

일요일 밤 탈고를 하고 출근을 위해 전기차를 충전하러 갔을 때였다. 매서운 겨울바람에 몸이 절로 움츠러들었지만 기분은 날아갈 듯 좋았다. 마음 한구석이 간질간질하고 오묘했다. 평소 즐겨듣던 방탄소년단의 〈Answer: Love myself〉 노래를 들으며 집으로 오던 길, 순간 눈물이 터졌다. 그 눈물은 입으로도 터져 꺼이꺼이 울어버렸다.

왜 자꾸만 감추려고만 해 니 가면 속으로
내 실수로 생긴 흉터까지 다 내 별자린데

40년 동안 목석(木石)으로 살아오면서 내 실수로 생

긴 흉터가 아니라 내가 사랑하는 이가 만든 잘못까지 내 것으로 안고 살아왔다는 것을 알았다. '그건 내 잘못이 아니야' 되뇌며 울다가 그 모든 흉터까지도 내 별자리가 되어버린다는 말에 막혔던 숨통이 트였다.

이 책을 쓰면서 그 작업을 천천히 했던 것 같다. 퇴고를 위해 초고를 다시 읽는데 부끄럽고 민망해서 이렇게까지 나를 까발려야 하는가 싶기도 했다. 《변신》을 쓴 카프카가 죽기 전에 자신의 작품을 다 없애려고 했던 마음을 조금 알 것 같았다. 이 책을 읽는 이들이 내 소심한 마음과 기괴한 성격을 알아버릴까 두렵기도 했다. 하지만 탈고한 날 눈물 흘리게 한 방탄소년단의 노래는 그 두려움에 대한 답을 알려주었다.

이제 그 별자리 이야기를 사람들에게 들려주는 꿈을 꾼다. 하지만 코로나19 때문에 '집 밖은 위험해'라는 말이 현실이 된 이 시대에 나는 과연 앞으로 무얼 할 수 있을까? 이대로라면 계속 꿈꾸는 일들을 이루어 나갈 수 있을까? 다른 이들의 무너짐을 지켜보며 나는 그래도 아직 괜찮다며 안심하고만 있을 수 있을까?

제대로 집콕 생활을 하며 지낸 3일간 하루에 한 번 남편과 통화를 했다. 미안해하는 나에게, 영화를 좋아하는 남편은 옛날 DVD를 실컷 보고 있다며 염려 말라 했다. 그러고는 톰 행크스 주연의 영화 〈터미널〉을 강력하게 추천했다. 퇴고하다 힘들 때 머리 식힐 겸 보라며 본인도 꽤 눈물을 흘렸다고 했다. 그날 밤 새벽 2시쯤 잠이 오지 않아 영화를 보았고, 다음날 퉁퉁 부은 얼굴로 출근해야 했다.

마치 영화 속 주인공인 빅터가 우리 같고 공항 속 모습들이 현재의 세상 같았다. JFK공항에 갇힐 수밖에 없던 그가 그곳에서 사람들과 함께 어울려 지내며 나름 돈을 벌고 사랑을 찾아가는 모습들은 우스꽝스러워 보이기도 했지만 또한 자랑스러웠다. 지금 우리가 할 수 있는 것들이 별로 없어 보이지만 그 곁에 사람들이 있고 사랑이 있다면 그 결과는 절대 하찮을 수 없다는 것을 말이다.

《내가 좋아하는 것들, 제주》는 그래서 결국 '내가 좋아하는 것들, 제주사람'에 대한 이야기다. 지금 내 주위에 있는 사람들이 없었다면 나는 이곳 제주에서 이렇게 잘 살아갈 수 있었을까? 여기저기 보이는 천혜의 자연이, 도시보다 조금 더 누릴 수 있는 여유가, 나를 찾게 해주는 한가로움만으로는 제주의 삶을 완벽히 채워줄 수 없었을 것이다.

마지막으로 정말 고마운 이들이 참 많이 떠오른다. 이 책을 낼 수 있게 기회를 주신 스토리닷 이정하 대표님과 예쁜 표지를 손수 그려 주신 안미경 디자이너 선생님, 서툰 글의 교정 교열을 봐 주신 정인숙 선생님께 얼굴도 직접 못 뵈었지만 정말 고생 많으셨다고 감사하다는 인사를 먼저 전하고 싶다.

글 쓰는 사람이 되게 이끌어 주시고, 스토리닷 출판사와 인연을 닿게 해주신 '제주, 그녀들의 글수다' 어미새 김재용 작가님, 2년 전 김재용 작가님을 처음 만나게 해준 '평범한 기적' 민정이, 글수다 1기를 함께하며 글쓰기를 멈추지 않게 곁에서 도와준 든든한 '어진아.C' 경희 언니, 혼자 쓰는 글보다 다른 이들과 소통하는 글에 대한 중요함을 일깨워 준 '라이팅시온' 유진이.

그리고 3개월 전 불안증세가 나타났을 때도 끝까지 남아 나다운 글을 쓸 수 있게 격려해 준 동인지《바이. 엘》멤버들인 제주지앵, 명랑, 이나즈 님. 가면 속에서 울고 있던 피에로 같은 내 인생에서 죽을 때도 가져가려 했던 치부를 말하고 쓸 수 있는 용기를 주신《엄마의 20년》저자 오소희 작가님.

지난여름 함께 울어주고 웃어주던 언니공동체 '고치글라'의 모든 멤버들. 내가 하는 도전의 모든 행보를 하나하나 지켜봐 주고 함께 해주는 '성장하며 소통하는 사람들 in Jeju' 정예 멤버들.

제주토박이들의 무뚝뚝함 속 진심을 느끼게 해준, 3년 6개월을 함께한 나의 용담동 동료분들과 존경하는 실장님들. 하고 싶은 것 많은 며느리를 응원하며 책 내는 데 쓰라고 용돈도 쾌척해 주신 든든한 대전 시부모님. 딸이 작가가 된 줄도 모르지만 삶에 대한 열정과 부지런함으로 매일 자극을 주시는 사랑스러운 엄마.

엄마가 글 쓰느라 놀아 주기는커녕 몇 달 동안 잠자는 모습만 겨우 봐도 주말이면 언제나 꼭 껴안아 주던 나의 보물 딸 수민이와 묵묵히 살림과 육아를 도맡아 주고 읽기 힘든 초고를 언제나 정성스레 읽어주는 나의 첫 독자 '그냥내사람' 진영 씨.

마지막으로 사무실에서 혼자 일할 때, 차 안에서 혼자 울고 있을 때, 세상에 혼자라고 느껴지는 순간순간 마치 내 곁에 있는 것 같은 하늘에 계신 아빠. 아빠, 나 약속 지켰어요!

내가 좋아하는 것들, 제주

초판 1쇄 발행 | 2021년 2월 5일
초판 2쇄 발행 | 2023년 4월 28일

글 이희선
펴낸이 이정하
디자인 안미경

펴낸곳 스토리닷
주소 서울시 서초구 방배동 934-3 203호
전화 010-8936-6618
팩스 0505-116-6618
ISBN 979-11-88613-18-2 (03810)

홈페이지 blog.naver.com/storydot
인스타그램 @storydot
전자우편 storydot@naver.com
출판등록 2013. 09. 12 제2013-000162

스토리닷은 독자 여러분과 함께합니다.
책에 대한 의견이나 출간에 관심 있으신 분은 언제라도 연락주세요.
반갑게 맞이하겠습니다.